Le virus fantôme

Il n'y a aucun virus sur notre site,
vous pouvez le visiter en toute sécurité :
www.soulieresediteur.com

Des mêmes auteurs :

Les bateaux volants, livre avec disque compact, éditions Planète rebelle, 2014. Lauréat du prix du livre audio Euphonia 2015.

Alexandre et Mathieu Vanasse

Le virus fantôme

roman

SOULIÈRES
ÉDITEUR
www.soulieresediteur.com

case postale 36563 — 598, rue Victoria
Saint-Lambert (Québec) J4P 3S8

Soulières éditeur remercie le Conseil des Arts du Canada et la SODEC de l'aide accordée à son programme de publication. Soulières éditeur bénéficie également du Programme de crédit d'impôt pour l'édition de livres – Gestion Sodec – du gouvernement du Québec.

Funded by the Government of Canada   Financé par le gouvernement du Canada

Canadä

Dépôt légal : 2016
Bibliothèque nationale du Canada
Bibliothèque nationale du Québec

Catalogage avant publication de Bibliothèque et Archives nationales du Québec et Bibliothèque et Archives Canada

Vanasse, Alexandre
Vanasse, Mathieu

Le virus fantôme

Graffiti ; 100
Pour les jeunes.

ISBN 978-2-89607-351-1

I. Vanasse, Mathieu, 1973-   . II. Titre. III. Collection : Collection Graffiti ; 100.
PS8643.A686V57 2016   jC843'.6   C2015-942019-9
PS9643.A686V57 2016

Conception graphique de la couverture :
Annie Pencrec'h

Illustration de la couverture :
Martin Côté

Chapitre 1

C'EST DONC BIEN VIEUX ICI ! JE TE GAGE QU'IL
N'Y A MÊME PAS ENCORE L'ÉLECTRICITÉ !
lance Camille d'un air dégoûté en entrant dans l'appartement plus que centenaire.

— Tant mieux ! Tu ne pourras pas te voir
dans le miroir, se moque son frère Félix.

— Mon doux, en plus c'est sale comme ça
ne se peut pas ! renchérit leur mère Julie en
passant sa main sur une boiserie poussiéreuse.
Puis les planchers sont tout croches. Quelle
idée aussi de déménager dans un hangar sur
le Plateau Mont-Royal. Et dire que ça coûte la
peau des fesses !

Martin, à bout de souffle, se fraie un chemin dans le passage étroit. Il est excédé :

— Taisez-vous les chialeuses, laissez-moi
passer, ça pèse lourd ces boîtes-là ! Aidez-moi
donc au lieu de critiquer !

— Viens ici, face de rat, hurle Camille en faisant mine d'attaquer son jeune frère, je vais t'arracher les yeux de la tête ! C'est toi qui ne pourras même plus te voir dans le miroir !

Martin manque d'écraser Sambuca, le rat de son fils Félix. Il titube et semble sur le point d'échapper ses boîtes pleines de vaisselle, mais heureusement il se rattrape à la rampe de l'escalier qui mène au grenier.

— Mon doux, c'est de la vaisselle de porcelaine ! s'effraie Julie. Si tu prenais moins de boîtes aussi !

— Sambuca ! Sambuca ! Reviens ! s'écrie Félix en se lançant à la poursuite de son rat traumatisé d'être passé à un poil de se faire écrabouiller.

Complètement perdu dans cet endroit inconnu, le petit animal sillonne les six pièces du logement à toute allure, suivi par Félix, survolté, qui passe si près des boîtes de vaisselle qu'elles vacillent. Martin s'emporte :

— Calme-toi le pompon Félix, sinon je t'enferme dans l'auto ! Ça va prendre une éternité ce déménagement-là si vous ne m'aidez pas ! Arrêtez de niaiser !

— Papa ! lance Camille d'une pièce voisine. Tu m'avais dit qu'il y avait une cour ! C'est pas une cour ça ! Il n'y a même pas de gazon, c'est juste de l'asphalte ! C'est tellement petit qu'on ne pourra jamais y manger toute la famille ! Et puis ça pue la pisse de chat. Montréal, c'est vraiment dégueu ! On va jouer où nous autres ? Comme d'habitude, Monsieur a pensé juste à lui...

— Voyons ma grande, il y a un des plus beaux parcs de la ville au coin de la rue, le parc Lafontaine, plaide Martin en la rejoignant dans la cuisine. Tu vas voir, tu vas adorer Montréal, ça ne sera pas long !

— Je ne m'habituerai jamais ! s'emporte Camille. À Sainte-Adèle tout était parfait, on avait de la place pour jouer, il y avait dix lacs au kilomètre carré ! Je préfèrerais telle-ment être au Pensionnat de Val-Morin avec Magalie...

— Ne recommence pas, s'emporte Ju-lie. Tu as juste 13 ans, ce n'est pas toi qui vas décider...

— Vous me gâchez la vie, crie Camille au bord des larmes. Je vais aller prendre l'air. Ça presse !

Elle s'apprête à faire une sortie théâtrale, elle ouvre la porte et fonce... dans le garde-manger ! Vexée, elle se retourne vivement et heurte Félix en pleine galopade. Camille bouillonne :

— Hey, le flot ! relaxe un peu, arrête de te prendre pour Ironman, tu stresses tout le monde du haut de tes neuf ans et quart, puis en plus, tu vas passer à travers le vieux plancher si tu continues à sautiller partout comme un kangourou en boisson.

— Camille, intervient son père, tu n'as pas fini de chialer ? Va chercher les boîtes de vêtements !

— Si ça me permet de ne plus voir vos faces de carême, je vais y aller dehors les chercher, tes boîtes, rugit Camille en se précipitant vers la porte d'entrée qu'elle ouvre pour fuir vers l'extérieur.

Quelle n'est pas sa surprise d'entrer en collision avec un jeune Chinois, sur le point de sonner, qui échappe un petit Bouddha de marbre sur son propre pied. Il lâche un drôle de cri assez peu chinois, merci ! *C'est bien Montréal, ça,* se dit Camille, *des* Chintocs *qui sortent de nulle part avec un bibelot d'un gros lutteur sumo gras comme un voleur. Je te gage qu'il veut nous vendre quelque chose !*

— On n'est pas intéressés, lui lance-t-elle d'un ton excédé.

Mais, à son grand étonnement, le visiteur reste muet et immobile. Il la fixe, comme frappé par la foudre. Julie vient accueillir le garçon avec plus de politesse :

— Bonjour ! Qu'est-ce qui nous vaut l'honneur de ta visite ?

— Mon grand-père m'a demandé de venir vous porter cette statuette de Bouddha. C'est une tradition chinoise pour accueillir les nouveaux voisins. Ça vous portera chance. Désolé de vous déranger, je vais y aller, ajoute-t-il d'une voix presque inaudible.

Il jette un regard discret en direction de Camille et baisse aussitôt les yeux.

— Bien non ! reste un peu, le rassure Julie, tu sembles avoir le même âge que Camille. C'est quoi ton nom ?

— Georges, madame.

Camille explose de rire. Un Chinois qui s'appelle Georges ! *Il n'y a vraiment rien d'ordinaire à Montréal*, se dit-elle.

— Et ton grand-père, il s'appelle Arthur ? dit Camille en ricanant.

— Non, il s'appelle Zedong.

Félix passe près de Georges et ramasse le petit Bouddha :

— Cool ! un nouveau soldat pour mon armée !

— Félix ! Camille ! Franchement ! tance Martin. Puis toi, arrête de courir, tu vas tous nous rendre mabouls et finir par défoncer le plancher ! Excusez-les, ajoute-t-il, en venant serrer la main du jeune voisin. Ils ont grandi au fond des bois ces petits sauvages-là. Moi, j'ai grandi ici, en ville et...

— Martin ! s'exclame Julie, outrée, Meusieur-Urbain-de-la-Ville méprise les gens comme moi qui viennent de la campagne ? Ça fait longtemps qu'on ne roule plus en calèche.

— Tu vois, papa, même toi tu dis que le plancher est vieux et pourri. C'est vraiment un taudis ici ! se lamente Camille.

— Misère ! On le finit ou pas ce déménagement ? s'impatiente Martin.

— Je peux vous donner un coup de main ? demande Georges, jetant un regard furtif vers sa jeune voisine.

— Certainement ! Enfin quelqu'un qui veut m'aider ! s'exclame Martin. Tes bras valent sûrement mieux que ceux, toujours croisés, de mes enfants !

À l'intérieur de l'appartement, Félix et son petit animal continuent de tourbillonner en provoquant diverses catastrophes jusqu'à ce que, brusquement, Sambuca s'arrête sur la première marche de l'escalier menant au grenier. Le rat regarde en haut, alarmé, comme si quelqu'un l'appelait. Il est pétrifié puis, comme dans un film en accéléré, il se met à bondir jusqu'au sommet de l'escalier. Félix se lance à ses trousses, ce qui enrage Martin :

— Félix ! Reviens ! C'est un vieux grenier en désordre là-haut, tu n'y vas pas tant qu'on n'a pas fait le ménage dans ce fouillis-là… Félix ? FÉLIX…

Chapitre 2

À PEINE LE TEMPS DE DÉCHARGER LE CAMION QUE LE SOLEIL EST DÉJÀ ALLÉ SE CACHER DER- RIÈRE LES IMMEUBLES ENTASSÉS COMME DES SARDINES LE LONG DE LA RUE NAPOLÉON.

— À Sainte-Adèle, au moins, il n'y avait pas tous ces immeubles pour bloquer la lumière en plein milieu de la journée, se désole Camille, faisant tout pour faire péter les plombs à son père.

Martin lève les yeux au ciel, prend une grande inspiration afin d'éviter de disjoncter et lance :

— Deux heures de trajet en auto tous les jours pour venir travailler à Montréal, je n'en pouvais plus, s'exclame Martin d'un ton ex- cédé. Sais-tu à quel point j'ai hâte de vendre ma voiture ? Bientôt, je vais aller travailler à l'Université de Montréal en métro, et même en vélo des fois.

— Et moi ? Je vais aller voir mes amies de Sainte-Adèle en trottinette ? rouspète Camille.

— Et ton épicerie bio, mon petit chou, tu vas la faire en taxi ? Bonjour les économies ! ajoute Julie à la blague.

— Tout se fait à pied, ici, répond Martin. Et puis, Camillle, tu ne pensais quand même pas que j'allais être ton chauffeur privé ? L'auto-bus, c'est bien plus écologique !

Camille se contrefiche des arguments avancés par son père. *Il ne pense qu'à lui, encore !* se dit-elle. La seule chose qui la tourmente en ce moment, c'est qu'elle entre en 2e secondaire la semaine prochaine dans une école où elle ne connaît personne. Perdue dans ses pensées, elle observe la rue Napoléon et ses passants en ayant peine à croire qu'elle vient s'installer dans cette ruche où s'agglutinent toutes ces bestioles bizarres qui se croisent sans même s'adresser la parole. Pire, elles ne se regardent même pas. Mais un jeune homme élancé et bien habillé s'avance vers eux, comme pour la contredire, et s'exclame :

— *Welcome home !* Bienvenue chez vous ! Je peux vous aider à transporter quelques boîtes ?

— Ah ! Bonjour Jason, répond Martin. Camille, Félix, voici notre propriétaire. Hey, dites bonjour espèce de polissons !

— Polisson, c'est une sorte de poisson ? demande Félix.

— Ça veut dire *petits tannants*, explique Jason en riant.

— Vous êtes bien bon en français pour un Anglais, vous n'avez même pas d'accent ! s'étonne Camille.

— Si t'avais connu mon père, ajoute-t-il en se tournant vers Camille, lui, il parlait pas un mot de français même s'il a passé toute sa vie à Montréal ! Les temps ont bien changé…

— Entre, Jason, ne fais pas attention aux enfants, ils sont surexcités aujourd'hui ! soupire Martin. C'est la première fois qu'ils déménagent ! Veux-tu une bière ? J'en ai quelques-unes dans le frigidaire. Aimes-tu les bières noires ?

Martin ouvre le frigidaire et lui tend une bouteille.

— Wow ! s'exclame Georges. Elle a gagné plusieurs prix l'année passée.

— Comment ça tu connais les bières ? lui demande Julie en fronçant les sourcils.

— Je n'en bois pas, madame, s'exclame Georges, gêné. Mais j'ai passé des heures sur le net à faire des recherches sur les bières brassées au Québec. Je les ai même classées en huit différentes familles.

— Vraiment passionnant ! dit Camille d'un ton moqueur. Tu vas bien t'entendre avec mon bollé de frère.

— Camille, va au dépanneur nous acheter des croustilles, lui demande son père.

— Vas-y, toi ! objecte Camille. Ou envoie Félix.

— D'ailleurs, il est où Félix ? s'interroge Martin. Bon, arrête de faire l'andouille, Camille, et va au dépanneur avec ton nouvel ami. Tiens, voilà des sous.

— Prenez-vous des boissons gazeuses, ajoute Julie. Vous méritez bien ça après tout ce travail !

— Julie, ils ont à peine levé une boîte, et tu sais que je suis contre ces liqueurs bourrées de sucre.

— N'écoutez pas monsieur Bio, s'esclaffe Julie, il préférerait infuser ses bas bruns plutôt que de boire du cola.

— Félix ! crie Martin d'une voix un peu inquiète. FÉLIX ! t'es où ?

Chapitre 3

GEORGES AMÈNE CAMILLE AU DÉPANNEUR EN PASSANT PAR UNE RUELLE. La jeune fille se croirait dans un film d'horreur en noir et blanc ! De vieux hangars peints en argent et des escaliers en colimaçon rouillés se dressent derrière chaque immeuble. Tout ça étonne vraiment Camille ! Elle est à cent lieues de la forêt de pruches qui bordait l'arrière de son ancienne demeure des Laurentides, là où elle a passé des heures à observer des chevreuils et des perdrix en rêvassant. Georges la ramène à la réalité :

— Cet immeuble-là, avec la belle terrasse sur le garage, est le plus vieux de la rue, il a été construit en 1857. Savais-tu qu'à cette époque le Plateau était un village appelé Saint-Jean-Baptiste et que c'était une banlieue pauvre de Montréal ?

— Tu m'en diras tant. Puis l'arrêt-stop, lui, il date de Jacques Cartier ?

— Ah-ah ! elle est bonne, s'esclaffe Georges, sans saisir l'ironie de Camille. Comme je disais, ce village s'est fusionné à Montréal après avoir fait faillite en 1886 ! Regarde au bout de la ruelle, ajoute-t-il alors qu'ils sont sur le point d'atteindre la rue, c'est le fameux parc Lafontaine qui couvre 35,9 hectares et…

— Coudon' tous les Chinois sont-ils obligés d'apprendre l'histoire de leur rue pour avoir leur citoyenneté… Hey, pourquoi tu figes comme ça ? Tu passes vraiment trop de temps devant les ordis, c'est rendu que tu bogues toi aussi ! Comment on te redémarre, toi ?

Georges, sidéré, fixe quelque chose derrière Camille qui se retourne et fait un bond en arrière. Un vieil homme, vêtu de vêtements en loques, braque sur eux ses yeux creux, d'un gris orageux. Son regard menaçant électrifie Camille. Cet homme est si âgé que sa peau ratatinée ressemble à du vieux cuir séché. Camille sent ses jambes devenir lourdes comme du plomb, mais heureusement Georges la tire par le bras. Ils prennent la poudre d'escampette et quittent la ruelle sans jamais se retourner. Ils s'arrêtent pour reprendre leur souffle. Camille parvient finalement à articuler :

— C'était qui ça ? Tu le connais ?

— Euh, non… enfin pas vraiment… balbutie Georges. Je l'ai déjà croisé dans le quartier. Tout ce que je sais, c'est qu'il s'appelle Paul.

— Magalie m'avait prévenue ! Montréal, c'est plein de gens bizarres.

Chapitre 4

— C'ÉTAIT DONC BIEN LONG, S'INQUIÈTE JULIE LORSQU'ELLE VOIT LES DEUX JEUNES OUVRIR LA PORTE D'ENTRÉE. Je m'inquiétais avec tous ces Montréalais qui conduisent comme des fous.

— Tu exagères Julie, s'interpose Martin, ta fille n'a plus cinq ans !

— Désolé, il faut que j'y aille, annonce Georges en tendant le sac de provisions à Martin. Je dois préparer le souper pour mon grand-père. À bientôt !

— Merci pour ton aide, Georges, dit Martin tandis que le jeune voisin file. Et toi, Julie, tu manges avec nous ou tu repars tout de suite à Mirabel ?

Le visage de Julie se crispe. Elle soupire et répond d'un ton troublé :

— C'est parce que moi aussi j'ai des boîtes à défaire…

Elle se tourne vers ses enfants sans trouver les mots pour exprimer tous les sentiments qui l'assaillent pêle-mêle. Elle parvient enfin à articuler :

— Vous allez vous débrouiller tout seuls avec vos brosses à dents et vos pyjamas ?

— Voyons maman ! explose Camille. On est habitués à tout faire sans toi ! Ça fait cinq ans que tu travailles deux semaines par mois dans le Grand Nord ! T'es toujours partie.

— Camille, s'offusque Martin. Tu ne comprends pas que pour ta mère…

— Laisse faire, Martin, ta fille se contrefiche que je passe ma première nuit toute seule dans ma nouvelle maison de Mirabel…

— Maman, pourquoi tu ne veux pas habiter ici ? la coupe Félix.

Julie détourne la tête pour étouffer un sanglot. Jason, mal à l'aise, avale sa bière d'un trait. Il a soudainement très envie d'aller aux toilettes. Il s'esquive.

— Félix, mon grand, rétorque Martin. Pourquoi tu demandes ça ? Tu le sais que…

Mais Félix, perturbé, ne veut pas entendre la suite et se rue vers le grenier, suivi de Sambuca. Julie esquisse un pas pour aller rejoindre son fils, mais Martin la retient :

— Donne lui cinq minutes pour se calmer. C'est difficile pour lui…

— Pour moi aussi, murmure Julie d'une voix tremblotante.

— Franchement, s'offusque Camille. Bonjour le théâtre ! On est avec le proprio, *remember* ?

C'est trop d'émotion pour Julie qui ne retient plus ses larmes. Elle jette un regard incrédule à sa fille :

— Je ne te reconnais plus depuis quelques temps, tu es tellement dure avec tout le monde ! Tu sais bien que ce n'est pas juste à cause de moi tout ça…

— En tout cas, ce n'est pas à cause de moi certain ! répond froidement Camille. Tu aimes vraiment ça te donner en spectacle, hein ?

— Excusez-moi, interrompt Jason, embarrassé. Je dois y aller. S'il y a quoi que ce soit, n'hésitez pas à me contacter et merci pour la bière !

Il serre la main de Martin et s'éclipse. Il se dirige vers sa voiture en soupirant. Il a vraiment envie d'une autre bière.

Chapitre 5

CAMILLE S'ÉVEILLE TRANQUILLEMENT. UN RAYON DE SOLEIL MATINAL LUI CHATOUILLE DOUCEMENT LE VISAGE. Elle s'étire en se remémorant les évènements de la veille qu'elle préférerait oublier. Elle se retourne et voit le lit de Félix, vide. La chambre est parsemée de figurines guerrières et de jeux d'enfants qu'elle trouve ridicules. Dire qu'elle devra dormir ici le temps que sa propre chambre soit repeinte et aménagée ! Elle tire la couverture pour se rendormir, mais une étrange musique, en sourdine, l'empêche de trouver le sommeil. Cette petite mélodie se répète en égrenant des notes cristallines entêtantes. Ça va la rendre folle ! À bout de nerfs, elle vocifère :

— Félix, arrête ta toune de débile ! C'est un jeu que tu as trouvé dans ta dernière boîte de couches ou quoi ? Ça donne la diarrhée ton affaire !

— Viens voir ça, tu vas capoter ! hurle Félix de l'étage supérieur.

Elle se lève d'un bond, soudainement bien éveillée, s'habille rapidement et monte quatre à quatre les marches menant au grenier, bien décidée à guillotiner son jeune frère sans autre forme de procès.

Elle est freinée dans son élan par l'atmosphère étrange qui émane de cette pièce. C'est un bric-à-brac d'objets démodés et anciens, qui auraient leur place dans un musée ou, au contraire, dans un dépotoir. Les objets s'amoncellent et forment un étrange igloo à l'équilibre précaire. Au milieu de babioles qui jonchent le sol, Camille aperçoit Félix en train de jouer avec de vieux soldats qui ont encore fière allure malgré leur âge vénérable. À ses côtés, une jolie boîte à musique rabâche sa mélodie. Camille se remémore que, plus jeune, elle en avait une qu'elle adorait, avec une ballerine rose qu'elle avait prénommée Camilia. Celle-ci est bien plus ancienne, gravée et peinte avec une minutie inconcevable de nos jours, et encore en excellent état. La chanson, soudainement plus douce à son oreille, la transporte dans les souvenirs apaisants de son enfance alors qu'elle passait des heures à créer un royaume pour sa princesse Camilia.

Elle aperçoit alors Sambuca, couché derrière la boîte, comme hypnotisé. *Bye-bye les rê-
veries, bonjour l'horrible rat de mon énergumène de
frère*, se dit-elle en reprenant ses esprits.

— Félix ! Qu'est-ce que tu fais là ! Papa t'a
dit au moins cent fois que tu n'avais pas le
droit de venir ici ! Puis, arrête cette musique-
là, ça m'empêche de dormir. Je veux me recou-
cher et retourner dans mes rêves où toi et ton
zombie de rat, vous n'existez pas !

Félix ne répond pas, trop absorbé par les
guerres imaginaires que se livrent ses petits
soldats.

Graduellement, la musique ralentit et
s'éteint. Félix sort de sa bulle et lève la tête
vers Camille :

— Madame la commandante donne des
ordres et la boîte à musique lui obéit !

— Tais-toi, face de crapaud ! C'est juste un
hasard ! Et descends tout de suite sinon je vais
le dire à papa que t'es encore ici.

Elle lui tourne le dos et déguerpit.

— Hey ! Attends, tu n'as pas tout vu ! s'exclame Félix.

Mais Camille est déjà loin. Elle se dirige
vers la cuisine d'un pas décidé afin de dé-
noncer son hors-la-loi de frère aux forces de
l'ordre. Elle pousse la porte d'un coup et…
tombe nez à nez avec Lara qui discute joyeu-
sement avec son père. Lara tressaille, redes-

cend nerveusement sa courte jupe et place ses cheveux derrière ses oreilles. Elle lui demande doucement :

— Comment ça va, Camille ?

Camille lui jette un regard assassin et repart sans même lui répondre.

— Camille, hurle Martin, c'est quoi ton problème ? Réponds quand on te parle ! Reviens tout de suite, je te dis…

Chapitre 6

CAMILLE EST DÉJÀ RENDUE SUR LE TROTTOIR. ELLE MARCHE À GRAND PAS POUR S'ASSURER QUE SON PÈRE NE LA REJOIGNE PAS. ET TANT PIS SI ELLE SE PERD.

— Camille ! Camille ! lance une voix derrière elle.

Quelqu'un approche à pas de course. Elle se retourne vivement. *C'est Georges ! Est-ce qu'il a dormi sur le trottoir en m'attendant ?*

— Regarde, s'excite son voisin, j'ai les vinyles des groupes punks dont je t'ai parlé hier !

De quoi il parle ? se questionne Camille. *Comme si j'avais écouté tout son radotage ?*

Elle s'apprête à lui faire part de tout l'ennui qu'il provoque chez elle, mais voit tout à coup le visage de Georges se glacer.

Voyons ! C'est moi qui lui fais cet effet là ? se demande-t-elle. *C'est vrai que je ne me suis pas regardée dans le miroir ce matin, puis j'ai l'air du diable quand je ne suis pas peignée !*

Elle s'aperçoit que le regard de Georges n'est pas dirigé vers elle, mais vers un balcon derrière elle. C'est encore Paul, le vieux bossu de la veille. *Ce type connaît vraiment la technique pour mettre Georges hors-circuit,* se dit-elle, presque envieuse.

Le vieil homme est épeurant avec sa bouche édentée, ses poils aux oreilles et sa face ridée comme s'il sortait d'un bain chaud où il aurait passé la nuit. Il s'adresse rudement à Camille, d'une voix rocailleuse :

— Petite bourgeoise ! Toi pis ta gang de riches, vous volez les meilleurs logements du Plateau. On se sent plus chez nous astheure. Pour rester dans le boutte, ça me coûte la peau des fesses, pis j'ai rien qu'un 1 ½. Déguerpis !

Elle recule, terrorisée, mais Paul devient subitement hagard, comme s'il ne les voyait plus. Il semble caresser un animal et entonne une mélodie à voix basse. Camille est surprise : la chanson qu'il fredonne lui fait étrangement penser à celle de la boîte à musique du grenier. Elle fait demi-tour et voit Georges sortir d'un buisson.

— Tu es donc bien pissou ! Tu devrais vraiment échanger tes disques punks contre l'intégrale de Cornemuse !

— Il est bizarre, ce vieux ! Je ne sais pas pourquoi il surveille toujours votre appartement.

Elle se résigne à rentrer chez elle, car cela semble être la seule façon de se débarrasser de Georges.

Chapitre 7

CAMILLE S'ENGOUFFRE DANS SON LOGEMENT SUIVIE PAR GEORGES QU'ELLE N'A VRAIMENT PAS INVITÉ ! Elle tombe sur son père. Elle pense qu'il va la disputer, mais il est déjà occupé à sermonner Félix :

— C'est quoi ces vieilles cochonneries, s'emporte Martin en brandissant un soldat de plomb. Ça vient du grenier ? C'est dangereux là-haut, je t'ai dit de ne pas y aller !

— Rends-les-moi, exige Félix sur un ton péremptoire. Ils sont précieux, ce sont des soldats de l'armée de Napoléon III !

— Comment tu sais ça, vermine ! s'esclaffe Camille. Tu n'as sûrement pas appris ça en jouant sur ta PS4 !

— Euh, je le sais ! se vexe Félix, quelqu'un me l'a dit !

Martin saisit l'occasion au vol :

— D'ailleurs, je vous rappelle qu'ici la console de jeux, c'est fini. On a même laissé la télé à votre mère.

— Tu es fou ? s'objecte Camille. Tant que ce petit Mongol regarde la télé, on n'est pas obligé de lui donner des pilules !

Ulcéré, Félix se jette sur sa sœur pour lui faire subir les pires tortures. Mais Georges s'interpose et contient l'assaillant ! Martin est hors de lui :

— Félix, la violence, c'est pour les faibles d'esprit. Déguerpis ! Et que je ne te vois pas retourner dans le grenier. Et toi, Camille, va donc remettre ces soldats de malheur d'où ils viennent avec ton ami Georges.

— C'est à Félix de faire ça ! proteste Camille.

— Pas de discussion, tempête Martin.

Camille obtempère en rouspétant. Elle passe devant Lara sans même la regarder.

Elle se dirige vers le grenier en grommelant que Georges l'énerve au plus haut point, mais ce dernier ne semble pas l'entendre.

— Depuis cinq ans que j'habite sur la rue, il y a eu trois vols dans ton nouveau logement, explique Georges.

— Moi, les voisins qui s'invitent chez vous, ça me tape sur les…, bougonne Camille sans prêter attention aux caquètements de Georges qui continue de plus belle :

— … et c'est toujours des jouets d'enfants qui disparaissent. Rien d'autre. C'est bizarre, non ?

— Quoi ? Qu'est-ce que tu radotes encore ? demande Camille sur un ton irrité, en entrant dans le grenier. Hey ! La lumière ne fonctionne plus.

Elle actionne frénétiquement le commutateur. En vain.

— Attends, je sors mon téléphone intelligent, il y a une fonction lampe de poche, s'exclame Georges.

Il fouille dans le sac à dos qu'il traîne partout avec lui, mais trop pressé, il échappe son trousseau de clés par terre. À tâtons, il le cherche et touche la jambe de Camille qui lance un cri, effrayée.

— Désolé, marmonne-t-il, un peu troublé.

Georges, trop heureux du rôle salvateur qu'il va jouer, brandit son téléphone comme une épée, avec un peu trop d'emphase aux yeux de Camille… qui remarque cependant qu'il possède le modèle qu'elle rêve d'avoir. La lumière du téléphone se met à réagir étrangement. Les couleurs fluctuent, du bleu au rouge, du jaune au vert. Georges est abasourdi, mais Camille se contrefiche des anomalies informatiques de l'appareil. Elle lance les soldats dans un coin et s'apprête à déguerpir, impatiente de montrer la porte à son invité.

Georges balaie la pièce avec sa lampe de poche. Camille a l'impression d'avoir vu un soldat se relever. A-t-elle rêvé ? La lumière se braque alors sur Sambuca, terré sous un meuble. *Ça doit être le rat qui a fait bouger le soldat,* se rassure-t-elle. *Pourquoi il reste toujours ici tout seul, lui ?*

Chapitre 8

Deux jours plus tard, Camille est assise dans l'auto de son père. Ils errent dans les rues de Mirabel à la recherche de la nouvelle demeure de Julie. *Mon père est trop vieux jeu pour avoir un GPS, se dit-elle, alors tant pis pour lui.*

— À cause de cette voiture là, je me perds tout le temps, rage Martin. Je vais la vendre au plus vite, je te jure !

— Quoi ! Puis je reviens comment à Montréal, moi, la semaine prochaine ?

— En autobus, je te l'ai déjà dit ! Pensais-tu que j'allais faire le taxi à chaque fois ? Tu as treize ans ! Toi qui ne veux plus qu'on te traite comme une enfant !

— En autobus ? Je vais être obligée de m'asseoir à côté d'un inconnu qui va puer le diable ? T'es malade ?

Camille, dépitée, détourne la tête et regarde par la fenêtre. Elle voit des séries de maisons toutes identiques à perte de vue. Comment retrouvera-t-elle la demeure de sa mère dans cet hommage au copier-coller fait par un architecte fainéant ? *Quelle horreur !* songe Camille. *Et dire que ta mère a quitté la campagne pour cette banlieue sans âme. Tout est trop propre, trop rangé, plate à mourir. Au moins, sur le Plateau, les maisons sont différentes les unes des autres. Et dire que ma meilleure amie Magalie, elle, a eu le droit d'aller au pensionnat de Val-Morin. La chanceuse !*

Comment Camille fera-t-elle pour passer sa dernière semaine de vacances dans cette banlieue de citoyens produits à la chaîne ? Se mettra-t-elle à jardiner ou à tondre le gazon comme tous ceux qu'elle voit ? Ils semblent y prendre un malin plaisir ! Heureusement que sa mère a eu le temps de faire brancher le téléphone, parce que son père refuse qu'elle ait un cellulaire comme tous ses amis. Camille se console en se disant qu'elle pourra parler à Magalie et qu'elle n'aura pas Félix dans les pattes, lui qui voulait rester à Montréal à tout prix, au grand malheur de sa mère.

Après avoir demandé le chemin à tous les tondeurs de gazon du quartier et s'être encore plus égarés en tentant de suivre leurs directives, ils dénichent enfin la bonne rue…

tout à fait par hasard. Julie sort de chez elle dès qu'elle aperçoit la voiture de Martin qui se gare dans l'entrée fraîchement pavée. Elle arbore un sourire, comme si l'altercation de l'avant-veille n'avait jamais eu lieu. *Quelle actrice* ! se dit Camille.

Julie invite Martin à visiter sa demeure, mais ce dernier décline l'invitation et s'empresse de reprendre place derrière le volant, après des salutations des plus sommaires. *Il va sûrement encore se perdre*, songe Camille, *bien fait pour lui !*

Tandis que la voiture de Martin s'éloigne, Julie prend la valise de sa fille en lui parlant de tout et de rien, mais surtout de rien. À peine entrée dans la maison, Camille explose en sanglots et bafouille :

— Pourquoi tu ne m'as rien dit au sujet de papa et de Lara ? Vous pensez vraiment que je suis encore un bébé ? C'était certain que j'allais le découvrir. Je n'en veux plus de famille, je veux aller au pensionnat !

Julie la prend tendrement dans ses bras et pleure avec elle en lui passant la main dans les cheveux. Elle a l'impression de retrouver sa petite fille, avant que l'adolescence, cet âge si difficile pour une mère, ne la lui vole. Sa fille, d'un naturel joyeux, est en colère contre le monde entier depuis que la tourmente a saccagé son cocon familial et qu'elle s'est fait catapulter dans la jungle urbaine. Camille s'abandonne enfin... Mais se ressaisit aussitôt :

— Je ne connais personne à Montréal, à part le fatigant de voisin, s'emporte-t-elle. Ma vraie famille, c'est Magalie et mes amies qui vont au pensionnat de Val-Morin. Ici non plus, je ne connais personne. Maudite ville en blocs Lego ! Ma vie est un enfer. Et tout ça, c'est à cause de vous !

Camille s'enfuit dans sa chambre. Julie est désarçonnée. Dire qu'elle voulait protéger sa fille en lui cachant la relation de Martin et de Lara. Quelle erreur ! Elle doit maintenant tout lui expliquer et se lance à sa poursuite, mais Camille claque la porte de sa chambre. À ce moment précis, le téléphone sonne, obligeant Julie à revenir sur ses pas.

— Camille, c'est pour toi, crie Julie. CA-MILLE ! Arrête de jouer du piano et prends le téléphone.

La jeune fille sort de sa chambre, les yeux rougis, et s'empare du combiné sans même regarder sa mère. Elle espère de tout cœur que ce soit Magalie, elle a tant besoin de parler à quelqu'un qui la comprenne !

— Allô ?

— Camille ? lance une voix excitée au bout du fil. Tu sais, mon téléphone intelligent est devenu tout bizarre, j'ai fait des tests et...

Malheur ! C'est Georges ! Comment a-t-il pu la retracer jusqu'ici ? Elle raccroche aussitôt et fond de nouveau en larmes. Julie s'avance, mais cette fois Camille ne la laisse pas s'approcher. Hargneuse, elle retourne dans sa chambre qui, à son avis, ressemble plus à un dortoir d'hôpital qu'à une chambre d'ado. *Je vais la placarder d'affiches de mes chanteurs préférés, ça ne sera pas long !*

Mais elle se rue tout d'abord vers son piano pour s'évader et se consoler. Ses doigts dansent frénétiquement sur les notes blanches et noires du clavier. La vitesse extrême de son exécution métamorphose l'air doux qu'elle transforme en *speed metal*.

Chapitre 9

UNE SEMAINE PLUS TARD, C'EST LE DUR RE-
TOUR À MONTRÉAL. QUELLE GALÈRE ! Camille devra dormir dans la chambre de
son frère parce que la sienne n'est toujours pas
prête. *Ce n'est quand même pas si compliqué de
repeindre une chambre !* rage-t-elle. *Mon père ne
se soucie jamais de moi, Félix a toujours la priorité.*

Elle se sent rétrogradée dans cette chambre
d'enfant. Et puis, elle est terrorisée par la rentrée scolaire du lendemain. Son humeur mas-
sacrante affecte d'ailleurs Sambuca, caché dans
le chandail de Félix, qui est encore en train de
jouer avec ses vieux soldats.

— Marie ! murmure ce dernier. Est-ce que
maman s'en vient ?

Camille se tourne vers son frère. *Il est plongé
si profondément dans son univers imaginaire qu'il
s'invente des amis*, en déduit-elle. Elle choisit

de ne rien répondre à ce marmot visiblement perturbé. *Quelle famille de fous !* Et voilà que son frère se met à se gratter partout, comme s'il était attaqué par un essaim de moustiques assoiffés de sang. Il geint :

— J'ai chaud ! J'ai mal à la tête !

— À force de te coller à ton rat, raille Camille, tu as pogné ses maladies. Arrête de te gratter comme ça, tu vas t'arracher la peau ! Sérieux, t'as sûrement attrapé des puces dans le grenier. Je suis certaine que tu y as passé toute la semaine, dès que papa avait le dos tourné.

Félix continue de se plaindre. Rêve-t-elle ou l'a-t-il encore appelée Marie ? Excédée, elle décide de couper court à ses enfantillages :

— Allez, au lit ! Il est temps de te coucher, la fatigue te fait dire n'importe quoi ! Dépêche, j'éteins la lumière.

Il doit être aussi ébranlé que moi avec cette séparation et ce déménagement, se dit Camille en bordant son frère affectueusement. Elle ferme les yeux. Elle voudrait tant s'endormir, mais ne peut s'empêcher de penser à la rentrée. *C'est sûr, les élèves montréalais vont tous me traiter de bûcheronne dès qu'ils vont savoir que je viens de Sainte-Adèle !*

Chapitre 10

Le lendemain matin, Camille marche dans les rues du Plateau en direction de l'école où elle souhaite ne jamais arriver. Elle a fait un détour pour éviter de passer devant l'appartement du vieux Paul qui est sûrement sur son balcon, prêt à l'invectiver. Rendue à un demi-coin de rue du collège, elle semble bien partie pour battre le record de lenteur du 100 mètres. Elle prend tout son temps pour enchaîner de minuscules pas qui la rapprochent de son calvaire, tandis que plusieurs groupes d'élèves joyeux la dépassent en riant à pleins poumons.

Camille est exténuée à cause de la nuit qu'elle a passée sur la corde à linge. Elle a fait le même cauchemar toute la nuit. Elle se retrouvait dans une famille qu'elle ne connaissait pas. Des enfants, habillés en hâillons, jouaient avec les mêmes soldats que ceux avec lesquels son frère s'amuse sans cesse. Ils étaient si sales que des boutons leur couvraient le visage.

Elle entre finalement dans la cour d'école et va aussitôt se réfugier dans un coin. Elle voudrait être invisible. Elle se sent comme un caneton jaune au milieu d'une bande d'oies sauvages hurlant pour protéger leur territoire. Quelques garçons ne se gênent pas pour la scruter de la tête aux pieds. *Maudits bums de la ville*, se dit-elle.

C'est à ce moment que Georges, entouré d'amis asiatiques, vient lui parler. Il ressasse de nouveau ses histoires ennuyeuses au sujet de son téléphone dysfonctionnel. Elle ne l'écoute pas et regarde autour d'elle, certaine que l'école tout entière lui jette des regards moqueurs. La cloche sonne, Georges lui propose de la guider, car ils sont dans la même classe ! *Eh oui, le cauchemar continue !*

Camille refuse son aide, s'éloigne à grands pas et s'engage dans les corridors de sa nouvelle école. Mais il y a en tellement, tous identiques, qu'elle ne sait pas trop où se diriger. Les élèves sont déjà dans leur classe tandis qu'elle se retrouve bientôt seule à courir dans ce labyrinthe sans fin, jusqu'à ce qu'une vieille dame à l'air sévère lui demande sèchement ce qu'elle fait là. La nouvelle élève bafouille et finit par admettre qu'elle cherche sa classe. La directrice de l'école, car c'est bien d'elle qu'il s'agit, lui propose de l'amener à bon port et se met à lui réciter les divers règlements de l'établissement. Camille n'entend rien de ce qu'elle dit, trop occupée à contrôler sa respiration.

Elle parvient enfin à son local et y entre, interrompant ainsi le discours de bienvenue de son professeur. Tous les élèves braquent les yeux sur elle alors que la directrice la présente. *Horrible !* Elle se dirige vers le dernier pupitre libre en regardant ses pieds et s'assoit… Qui est à ses côtés ? Georges, évidemment ! *Voisin un jour, voisin toujours,* se lamente-t-elle intérieurement.

La journée est interminable. À l'heure du dîner, elle s'assoit toute seule à la cafeteria, cachée tout au fond de la salle, incapable d'avaler la moindre bouchée. À la récréation, elle va se terrer à la bibliothèque pour être loin des regards et pour éviter d'être repérée par Georges. Entre les cours, tous les élèves se racontent leurs vacances, mais elle reste seule, emmurée dans son silence. Vers la fin de l'après-midi, au milieu d'un cours de mathématiques des plus rébarbatifs, elle est appelée au micro par le secrétariat. Elle doit se lever devant tout le monde. Un gars la siffle, les filles la reluquent avec condescendance. *Quel enfer !*

Arrivée au secrétariat, on lui dit que son père est à l'hôpital avec son frère et qu'elle doit aller les rejoindre. La secrétaire lui donne un bon de taxi et lui écrit le numéro de chambre où se trouve son frère. *Qu'est-ce qui se passe ?* se demande Camille, inquiète.

Chapitre 11

Affalée à l'arrière du taxi, Camille regarde défiler les énormes demeures du chemin de la Côte-Sainte-Catherine, en tentant de contenir son émoi. *Félix a grandi en forêt*, songe-t-elle, *il ne connaît rien à la ville et s'est sûrement fait écraser par une voiture ! Je ne pardonnerai jamais à mon père son foutu déménagement.*

Le taxi arrive enfin à l'hôpital Sainte-Justine. Elle donne le bon au chauffeur et se rue vers l'entrée. À l'accueil, on lui explique comment se rendre à la chambre de son frère. La voilà qui s'égare de nouveau dans un dédale de couloirs interminables. Elle parvient finalement à trouver la bonne chambre et y pénètre en appréhendant le pire. Elle voit un médecin qui examine attentivement son frère. Félix est alité, en sueur, le teint blême. Des boutons ont fait éruption un peu partout sur son corps. En retrait, Martin et Lara l'observent, l'air inquiet.

— Il s'est fait renverser par une voiture ? s'alarme Camille.

— Calme-toi, répond Martin d'un ton qu'il voudrait apaisant, mais sa voix grince comme une vieille porte rouillée, ce qui angoisse davantage sa fille. Il fait simplement de la fièvre, mais elle est un peu forte. Le médecin suspecte une varicelle aiguë à cause des boutons qui lui poussent partout.

— Moi quand j'ai eu la varicelle, je n'avais pas l'air de ça ! objecte Camille en dévisageant son frère qu'elle ne reconnaît presque plus. Il a l'air d'avoir mangé une pizza aux champignons vénéneux !

Félix sort soudainement de sa torpeur et jette un regard embrouillé aux alentours. Il tend une main tremblante vers sa sœur sans même la voir. La jeune fille hésite, s'approche sans oser prendre la main de son frère dans la sienne. Il la regarde, les yeux dans le vide, comme si la fièvre l'avait emporté dans un pays lointain, aux frontières du réel. D'une voix qui ne semble pas être la sienne, il s'adresse à sa sœur :

— Marie, as-tu refermé la marche de l'escalier ?

L'expression de son visage est si intense que Camille recule, effrayée. *Encore ce nom !* s'étonne-t-elle. *Il délire, c'est clair !*

Elle se retourne pour ne plus le voir… et se retrouve nez à nez avec Lara qui pose la main sur son épaule pour la consoler. C'en est trop pour elle.

— Maudite traître ! lui murmure-t-elle, de façon à ce que son père ne l'entende pas. Tu faisais comme si tu étais ma sœur… Tu es plus proche en âge de moi que de lui. Je ne te le pardonnerai jamais !

Elle décide de quitter cette sinistre chambre d'hôpital et d'aller attendre dans le couloir. *Si Félix est malade*, se dit-elle, *c'est à cause de la crise familiale et du déménagement.*

En sortant, elle entend le médecin expliquer à son père qu'ils feront des examens plus approfondis. Camille, impressionnée par la fièvre et les boutons de son frère, tente de se faire une raison : *les médecins savent comment guérir une varicelle quand même.*

Chapitre 12

LE JOUR SUIVANT, À LA FIN DES COURS, CAMILLE S'EMPRESSE DE QUITTER L'ÉCOLE POUR NE PAS ÊTRE RATTRAPÉE PAR GEORGES. Les passants qu'elle croise déambulent sous le doux soleil de cette fin d'été. Affalés sur les chaises des terrasses de restaurants, de nombreux clients sirotent une bière ou un café et la scrutent au passage.

Camille ne veut pas s'avouer que Montréal, ce n'est pas si pire que ça. Elle doit bien admettre que les vitrines des boutiques qu'elle reluque font étalage de vêtements bien plus originaux qu'aux Galeries des Monts, à Saint-Sauveur, où elle avait l'habitude de magasiner. *Magalie capoterait de voir ça*, s'emballe-t-elle !

Elle évite encore une fois de passer devant le logement de ce vieux dingue de Paul et ricane en se demandant qui, de Paul ou de Georges, l'effraie le plus.

Arrivée chez elle, Camille aperçoit une note sur la table :

Allô ma cocotte,

Ta mère, Lara et moi sommes au chevet de Félix à l'hôpital. Il y a une lasagne dans le réfrigérateur. Viens nous rejoindre dès que possible.

Bises,

Papa

Rien que de penser à ces trois adultes ensemble dans la même pièce me donne envie de vomir ! se dit-elle. *Je suis sûre que ça va rendre mon frère encore plus malade !*

Elle n'apprécie guère de se retrouver seule dans ce vieux taudis. Sous ses pieds, le plancher craque si fort qu'on croirait entendre la bande sonore d'un mauvais film d'horreur. Elle préférerait bien mieux se faire casser les oreilles par Félix. *Je ne vais quand même pas m'ennuyer de mon fatigant de frère*, s'étonne-t-elle, émue au souvenir du visage de Félix marqué par la varicelle. *Moi qui voulais justement aller au pensionnat pour ne plus voir sa face de rat. Parlant de rat, il est où est Sambuca ? Encore dans le grenier ?*

C'est à ce moment précis que la boîte à musique se met à entonner de nouveau sa mélodie lancinante. *Ça y est, Sambuca est prêt pour le cirque*, pense-t-elle à la blague pour se rassurer. *Après la femme à barbe, voici le rat disc-jockey ! Ça ne sera pas long qu'il va se mettre à jouer du trombone !*

Elle est cependant trop effrayée par ce sombre grenier pour y monter. Elle tente de faire abstraction de l'obsédante séquence de notes qui se répète à l'infini.

Même si ce n'est que la deuxième journée de classe, le professeur de mathématiques, tout à fait mongol à son avis, leur a donné un tas de devoirs à faire. Elle ne comprend vraiment rien à ce charabia. L'algèbre s'avère d'autant plus incompréhensible que toute son attention est happée par cette foutue mélodie aliénante. *Est-ce que Sambuca est capable de remonter le mécanisme de cette antiquité de boîte à musique ?* se demande-t-elle.

Cette musique a le pouvoir de la rendre totalement cinglée, elle ne peut pas se concentrer. Camille doit se résoudre à l'impossible. Malgré ses craintes, elle doit monter au grenier, clouer le bec à cet engin de malheur et le mettre en pièces s'il le faut. Si le rat l'en empêche, elle va le disséquer vivant !

Parvenue au grenier, elle s'étonne : la lumière fonctionne de nouveau ! Camille referme la boîte à musique qui se tait enfin. Elle ne s'attarde pas sur les lieux et revient à la cuisine, déterminée à vaincre les infectes mathématiques. Le silence lui permet de se concentrer.

Elle n'a même pas le temps de résoudre son premier problème que la musique reprend de plus belle. La colère qui s'empare d'elle est plus forte que la peur. Au galop, elle retourne au grenier et referme le couvercle de la boîte à musique.

Hallucine-t-elle ? Est-elle folle ? Elle vient de voir quelque chose d'impossible.

Elle panique. Elle doit vraiment quitter l'appartement. Elle déguerpit. Son cœur manque de s'arrêter quand Sambuca surgit de nulle part et grimpe sur son pantalon. Elle est dégoûtée, mais ne réussit pas à lui faire lâcher prise, car l'animal terrorisé s'agrippe à elle comme à une bouée de sauvetage. Elle se résigne donc à aller chez son voisin avec cette peste cramponnée à ses vêtements. Pour une fois, elle a presque hâte de voir Georges ! Elle doit absolument raconter à quelqu'un ce qu'elle vient de vivre. Peu importe à qui !

Chapitre 13

GEORGES OUVRE LA PORTE. RÊVE-T-IL ? EST-CE RÉELLEMENT CAMILLE QUI LUI REND VISITE ? Il est statufié. Sambuca en profite pour prendre la fuite et se réfugie au salon. Georges se ressaisit. Il devine que Camille ne vient pas écouter ses CD de groupes punks, mais qu'elle va plutôt lui demander des conseils pour ses devoirs. *Elle avait l'air vraiment déboussolée durant le cours de mathématiques, cet après-midi !* se rappelle-t-il.

Camille entre, sans même attendre d'y être invitée ! Georges, d'habitude bavard, ne parvient plus à enchaîner trois mots de suite quand vient le temps de présenter sa voisine à son grand-père Zedong. Celui-ci, occupé à arroser ses multiples plantes exotiques, lève à peine les yeux et reste longuement muet avant de s'adresser à son petit-fils en chinois tout en caressant sa longue barbiche blanche. Georges se tourne vers Camille :

— Mon grand-père t'offre le thé, comme le veut notre coutume.

— Il faut que je te raconte quelque chose, s'exclame Camille.

— O.K., tu me diras tout ça en buvant le thé.

Camille voudrait lui parler en tête à tête, mais comprend qu'elle devra patienter. Pendant que Zedong prépare le thé, Camille regarde autour d'elle. Elle se croirait en Chine. Les murs sont tapissés de toiles aux couleurs vives sur lesquelles s'étalent des paysages montagneux et des personnages dont les cheveux longs sont surmontés de toques traversées de baguettes chinoises. *Quel drôle de peuple*, se dit-elle, *comme si on se coiffait avec des fourchettes, nous autres !* Des bibelots d'un rouge vermeil et d'autres d'un vert jade représentent des lions, des dragons et des bouddhas aux bedons bien ronds. Une odeur d'encens parfume la demeure. Camille aperçoit Sambuca couché à côté d'un autel constitué d'une tablette supportant ce qui ressemble vaguement à un modèle réduit d'église, tout en détails et en dorures. Des photos et des inscriptions chinoises entourent l'ensemble. Il y a même des fruits exotiques, qu'elle ne pourrait nommer, présentés en offrandes dans une assiette de porcelaine fine. *On est loin du buffet chinois Lin Wah de Saint-Sauveur !*

Camille, Georges et Zedong boivent leur thé au jasmin sans qu'aucun d'eux ne parvienne à engager la conversation. Camille est trop troublée par ce qu'elle a vu dans le grenier. Zedong semble allergique à la parole et Georges s'être fait couper la langue aujourd'hui. Quand ce dernier se lève enfin et signifie à Camille de le suivre, elle est soulagée. Elle remercie Zedong et suit son hôte dans sa chambre. Elle n'aurait jamais cru, il y a à peine une heure, qu'elle se retrouverait ici, chez lui !

La chambre de Georges est petite et encombrée d'une multitude d'objets disparates, allant du matériel informatique à une collection de capteurs de rêves. *Ce gars-là est trop bizarre*, se dit Camille en contemplant la flopée d'affiches de groupes punks disparus depuis 30 ans, qui ornent les murs.

— Tu as besoin d'aide pour ton devoir de mathématiques ? lui demande Georges sans oser la regarder.

— Non, ce n'est pas ça... En fait, oui, maintenant que tu en parles, mais avant, je dois te raconter ce que j'ai vu dans le grenier. Je n'arrive pas à le croire.

— Ça fait plusieurs fois que je te parle de mon téléphone qui...

— Lâche-moi avec tes *gogosses* électroniques ! Ça n'a pas rapport. Moi, je te parle de la boîte à musique, je l'ai fermée et elle s'est rouverte toute seule devant mes yeux !

— De quelle boîte à musique tu parles ?

— Il y a une vieille boîte à musique dans le grenier qui n'arrête pas de partir toute seule.

— Ce n'est pas le rat qui...

— Non, Sambuca se cachait ailleurs. C'est vraiment *full weird* ce que je viens de voir.

— Ben justement, insiste Georges, mon téléphone intelligent est tout pété depuis que je m'en suis servi dans le grenier et je te jure que c'est aussi étrange que ce que tu viens de voir. J'en ai même parlé à mes parents qui sont à Shanghaï, j'ai branché mon téléphone sur mon ordi pour qu'ils l'analysent à distance. Tu ne sais pas ce qu'ils m'ont dit ?

— Shanghaï ? Qu'est-ce qu'ils font là ?

— Un contrat pour la Caisse de dépôt et placement du Québec. Ils travaillent comme informaticiens, spécialisés en logiciels financiers. Ils sont là pour deux ans. En fait, ils travaillent sur un projet passionnant qui...

— O.K., O.K. ! Mais qu'est-ce qu'ils ont dit au sujet de ton téléphone ?

À cet instant, des pépiements d'oiseau retentissent : *cuicuicui, cuicuicui.* C'est la sonnette d'entrée !

Normalement, Camille se roulerait par terre, mais là, elle n'a pas le cœur à rigoler.

— Je vais aller répondre, mon grand-père ne le fait jamais. Je vais te raconter la suite après, poursuit Georges en se dirigeant vers l'entrée.

— Bonjour Georges !

Ah non ! c'est Lara, se dit Camille en tendant l'oreille.

— Je cherche Camille partout, poursuit Lara, je dois m'occuper d'elle en l'absence de son père. On s'est croisés l'autre fois chez eux. Je me doutais que tu habitais ici en voyant la lampe chinoise à l'entrée. Camille est avec toi ?

Camille se dirige vers l'entrée pour chasser cette Judas, mais comprend, en voyant l'air angoissé de Lara, que quelque chose ne va pas.

— Camille, viens avec moi à la maison, implore Lara. Il faut absolument que je te montre quelque chose…

La jeune fille, intriguée, ravale sa colère et décide de la suivre. Il est sûrement arrivé quelque chose d'horrible à Félix, s'effraie-t-elle.

— Georges, tu me conteras le reste plus tard, décrète-t-elle en s'éclipsant.

Chapitre 14

ARRIVÉE À L'APPARTEMENT, LARA ENTRAÎNE CAMILLE VERS LA CUISINE ET LUI EXPLIQUE : — Je travaillais tantôt sur mon ordinateur. L'écran est devenu tout noir, et là, un texte est apparu sous mes yeux, comme si quelqu'un écrivait à la main. Lis ça !

— « Où est mon frère Donat ? Ramenez-le moi ! Marie », lit Camille. C'est *freakant* ! On dirait une écriture d'enfant.

— Je n'arrive ni à redémarrer l'ordinateur ni même à l'éteindre ! s'étonne Lara.

— C'est sûrement un *hacker* qui t'a fait ça.

— C'est possible ?

— Oui… mais là, j'entends encore parler de Marie. C'est trop bizarre. Ça ne peut pas être juste un hasard !

— C'est quoi cette histoire de Marie ? s'inquiète Lara.

Camille lui révèle que son frère l'a appelée Marie à plusieurs occasions. Elle lui parle aussi de la boîte à musique qui démarre toute seule. Lara est alarmée.

— Ça me fait penser à… commence Lara sans terminer sa phrase. Je vais téléphoner à ma tante en République tchèque dès demain matin. Mais là, il faut absolument que je retourne à mon appartement.

Elle quitte la cuisine avec empressement, laissant Camille seule devant l'ordinateur que la jeune fille fixe, hypnotisée. *Qui est donc cette Marie ?*

Elle se lance à la poursuite de Lara.

Chapitre 15

À L'HÔPITAL, JULIE OBSERVE SON FILS QUI DORT D'UN SOMMEIL TROUBLE, PONCTUÉ DE GÉMIS-SEMENTS. L'état de Félix s'est aggravé ces derniers jours. Ses boutons se sont transformés en vésicules et en pustules. Julie, elle-même infirmière, est habituée à travailler dans des chambres similaires à celle-ci, avec des patients connectés à des poches de sang, mais cette fois, elle est totalement désemparée, car il ne s'agit pas d'un inconnu, mais bel et bien de son fils. Elle se tourne vers Martin dont l'immobilité et le silence l'exaspèrent et lance :

— Torrieu ! Comment peux-tu rester calme de même quand Félix est branché de tous bords, tous côtés ?

Martin préfère ne pas répondre. Elle est sur le point d'exploser de rage lorsqu'un jeune médecin entre dans la pièce. Julie l'assaille littéralement :

— Avez-vous enfin les résultats de la culture virale ? C'est quoi cette sacrée maladie ?

— C'est tout à fait incompréhensible, Madame, explique le médecin intimidé par cette mère gonflée à bloc. Selon les résultats, il n'y a pas d'intrusion virale dans son sang.

— Quoi ? Vous vous moquez de moi ? hurle Julie, qui semble vouloir transformer son interlocuteur terrorisé en chair à saucisse.

— Les nerfs, Julie ! s'emporte Martin en perdant lui-même son calme.

— Vous devez faire d'autres tests ! renchérit Julie. Mon enfant ne va pas mourir à cause de votre incompétence !

— Ce sont des résultats vraiment inhabituels, rétorque le médecin d'un ton professoral pour dissimuler son malaise. Nous allons procéder à des tests avec des microscopes électroniques des plus sophistiqués qui...

— Ça veut dire quoi ? l'interrompt Julie, vous avez utilisé une loupe jusqu'à maintenant ?

— Julie ! s'offusque Martin. Contiens-toi !

— MARIE ! pleurniche soudainement Félix qui se relève et s'assoit dans son lit, complètement hagard. Marie, je veux revoir maman, quand est-ce qu'elle arrive ?

Julie fond en larmes. Bouleversée, elle s'approche de son fils et caresse ses cheveux imbibés de sueur. Quoi de plus dur pour une mère que de voir son enfant fiévreux délirer au point qu'il ne la reconnaît même plus ?

Chapitre 16

— Lara, tu ne vas pas me laisser toute seule ici ? se lamente Camille sur le seuil de la porte de son appartement.

— Je vais revenir dès que possible. Je dois absolument aller chez moi faire quelques recherches. Va chez ton voisin en attendant.

— Ça ne peut pas attendre ? demande Camille d'une petite voix suppliante.

— Ça me turlupine trop. Je reviens dans une demi-heure.

Camille se retrouve seule. Elle se sent emprisonnée dans ce sinistre logement. C'est comme si ce n'était plus chez elle. Soudainement, elle entend des bruits au grenier. Des objets tombent et heurtent le plafond au-dessus d'elle. Un sentiment de panique l'envahit. *Pourquoi Lara m'a abandonnée ? Ce n'était vraiment pas le moment ! Dire que je voudrais que cette traîtresse reste avec moi… Il faut vraiment que ça aille mal.*

Brusquement, en clignant les yeux, elle a une vision d'horreur. Elle voit deux enfants qui pleurent dans une pièce sombre. Ils ont des boutons purulents, ils ont l'air apeuré et geignent. Cette vision ne dure qu'une fraction de seconde. Terrorisée, elle s'enfuit chez Georges.

Chapitre 17

Camille est dans un tel état d'affolement qu'elle ouvre la porte de son voisin sans même sonner. *J'aurais pourtant bien aimé réentendre la sonnette aux sons d'oiseaux*, songe-elle en s'étonnant de l'absurdité de sa réflexion.

Georges et son grand-père accourent et comprennent rapidement que la jeune fille n'est pas dans son état normal.

— Il y a des trucs bizarres qui se passent dans mon grenier, lance-t-elle en reprenant son souffle.

— Bizarre... On ira voir ça ensemble tantôt. Elle est où, Lara ? demande Georges.

— Partie chez elle ! Je ne veux pas retourner dans cette maison de fous !

Zedong s'adresse à son petit-fils en chinois, qui se tourne ensuite vers sa voisine.

— Mon grand-père t'invite au restaurant. On va envoyer un texto à Lara. Ça te va ?

— Euh, oui, j'imagine, répond-elle, déroutée. J'ai un peu l'appétit coupé par contre.

— Tu vas voir, la bouffe chinoise va te redonner du courage. On a fait cuire Sambuca !

— Sérieux ? s'emporte Camille.

— Hey, c'est une blague, c'est évident, non ? proteste Georges, débiné. Le rat de ton frère est *scotché* à l'autel de mon grand-père. On dirait qu'il veut *frencher* nos ancêtres sur les photos.

Zedong marmonne quelques mots qui signifient, selon tout évidence, qu'il faut se mettre en route.

Le trio se retrouve rapidement à l'extérieur. Camille conte à voix basse à Georges ce qui vient de se passer. Elle a l'impression que les nombreux passants l'écoutent et la prennent pour une folle. Zedong les suit en sifflotant, égaré dans ses pensées. *Celui-là est vraiment dans son monde*, songe Camille, *il ne nous sera vraiment d'aucun secours !*

Après une marche d'une bonne vingtaine de minutes, ils s'engagent dans le quartier chinois. Camille est déconcertée. Elle contemple, incrédule, la vitrine d'une épicerie où sont pendus des poulets à peine morts. En dessous, il y a des bacs remplis de poissons plus bizarres les uns que les autres. Le boucher les éviscère en parlant avec une cliente, comme si de rien n'était. Des Asiatiques dépassent Camille, marchant à petits pas rapides avec d'étranges babouches en paille aux pieds. Son regard se porte ensuite sur un magasin où il y a tellement d'objets empilés qu'elle n'oserait même pas y entrer. Georges la ramène à la réalité en ricanant :

— On est arrivés au McDong ! Tu vas voir, le trio Big Rat est succulent !

Camille rit jaune, mais les suit tout de même dans ce petit restaurant qu'elle n'aurait même pas remarqué. Elle est la seule Blanche, à part un gros poisson dans l'aquarium près du comptoir. Ils s'attablent et Zedong commande sans même demander aux enfants ce qu'ils veulent. Les plats arrivent en un temps record et s'accumulent sur la table, *comme s'il fallait nourrir tout un village*, pense Camille, presque intimidée. Elle se sert d'abord d'aliments qui lui semblent moins bizarres et y goûte. Elle trouve ça vraiment délicieux !

Rassurée, elle se sert généreusement de tous les autres plats qu'elle dévore bientôt à pleines dents. Succulent ! Toutes ces émotions l'ont affamée bien plus qu'elle ne l'aurait cru. Georges est fier comme un paon : la belle Camille soupe avec LUI et adore SA cuisine chinoise. Débordant d'enthousiasme, il se met à disserter sur la résurgence des mouvements punks, sujet qui ne peut que passionner une fille aussi allumée que Camille, mais Zedong lui coupe la parole, en chinois. Georges l'écoute attentivement puis se met à traduire :

— Mon grand-père a observé Sambuca. Il se comporte de façon anormale. Le rat est un animal intelligent, il sent les choses, il saisit le surnaturel. Camille, mon grand-père pense que des esprits se sont introduits dans ta maison. Ils ne sont pas en paix. Ils doivent être délivrés. C'est à cause d'eux que Félix est malade.

Camille s'immobilise complètement, bouche ouverte et baguettes en l'air. Elle tente de parler, mais oublie qu'elle a la bouche pleine de nouilles et s'étouffe.

— Je ne sais pas pourquoi le comportement de ce rat l'amène à cette conclusion, rétorque Georges, embarrassé. Tu sais, il vient d'un minuscule village, du genre où il n'y avait pas d'électricité, il a été élevé dans de vieilles traditions, il ne faut pas prendre tout ce qu'il dit pour…

Mais Georges s'interrompt lorsqu'il constate que son grand-père le fixe d'un regard sévère.

— Bon, en tout cas, il dit que les esprits ne communiquent qu'avec ceux qui peuvent leur être utiles. Il croit que toi et moi, on a un rôle important à jouer, conclut-il sans oser regarder son interlocutrice, dont il craint la réaction sceptique.

La jeune fille, en effet, est abasourdie. Elle ne s'attendait pas à ça ! Elle préfère ne pas leur révéler que sa mère croit elle aussi aux esprits et tente de communiquer avec eux depuis longtemps. Camille a toujours trouvé ces histoires d'esprits ridicules et a tout fait pour dissimuler cette face cachée de Julie à ses amis !

Même si Camille a été témoin d'évènements anormaux depuis quelques jours, elle ne parvient pas à croire à l'explication de Zedong. *Des fantômes ? Et quoi encore ?* se demande-t-elle. *Il va me dire d'utiliser des baguettes chinoises pour lancer des sorts, le vieux !*

En tout cas, à voir la face d'enterrement que fait Georges, il a sûrement honte de son grand-père et ne me traduit probablement pas la moitié de son radotage.

Zedong toussote, pour signifier à Georges de poursuivre.

— Mon grand-père dit qu'il faut trouver une façon de communiquer avec ces fantômes pour sauver Félix. Il y a une période très précise pour effectuer certains rituels avec les esprits si on veut les libérer. C'est au 15e jour du *qīyuè*, le 7e mois lunaire, et ça, c'est dans cinq jours ! Mais euh… On doit d'abord entrer en contact avec eux pour les convaincre de prendre part au rituel !

— Pour sauver mon frère, je suis prête à tout ! concède Camille. Même à disséquer son rat sur un plateau de *Ouija* !

Chapitre 18

CAMILLE ET GEORGES QUITTENT LE RESTO, LAISSANT ZEDONG DISCUTER AVEC LES PROPRIÉTAIRES QUI SONT ORIGINAIRES DU MÊME VILLAGE QUE LUI. Les deux jeunes marchent d'un pas rapide pour retourner chez Camille, qui est bien déterminée à aller parler aux soi-disant fantômes. Si c'est vrai qu'ils existent, ils vont avoir affaire à elle ! Camille n'a plus peur.

Elle entend une voix éraillée, elle tourne la tête vers le balcon d'où provient ce désagréable croassement et aperçoit Paul qui hurle en sa direction, le visage rouge et les veines saillantes. Dans son emballement, elle n'a pas pensé à faire un détour pour éviter de passer devant chez lui. Mais cette fois-ci, elle ne se laisse pas faire :

— Vieux corbeau pas de plumes ! Le jour où tu ne seras plus là, on va faire toute une fête dans le quartier !

Le vieux croulant en a le bec cloué. Il reste figé, les bras en l'air, comme une statue de cire. Camille poursuit son chemin, fière d'elle et louangée par Georges qui envie son courage.

Elle ouvre la porte de son nouvel appartement, s'engage avec aplomb dans les marches qui mènent au grenier, mais ralentit peu à peu, car sa bravoure s'étiole à chaque pas. Elle s'immobilise, prend une longue inspiration, troublée par le silence mortuaire qui règne dans cette pièce hantée par on ne sait trop qui. Georges s'attelle à ériger un autel semblable à celui qui est chez lui. Il s'empare de divers objets pour mener sa tâche à bien. Encore une fois, l'ampoule ne s'allume plus. Il utilise son téléphone pour éclairer, mais la lumière qu'il émet se met à parcourir tout le spectre des couleurs, comme la première fois.

— Marie, si tu es là, fais-moi signe ! lance Camille d'une voix qu'elle voudrait forte et sereine, mais qui s'avère chancelante. Je sais que tu es un fantôme et que c'est à cause de toi que mon frère est malade.

Mais il ne se passe rien. Le lourd silence est ponctué par le souffle haletant des deux jeunes. Déçue, Camille donne un solide coup de pied sur un soldat de plomb qui effectue quelques pirouettes avant d'aller fracasser un amoncellement de vieilles babioles poussiéreuses.

Soudainement, l'autel de Georges s'écroule comme un château de cartes, comme si une main invisible l'avait balayé. Le téléphone intelligent se met à émettre des sonorités extra-terrestres et à lancer des éclairs roses et violets. Camille sent que tout héroïsme l'a désertée. Elle est pétrifiée.

Tout d'un coup, elle se sent propulsée dans une autre dimension, comme si son esprit quittait son corps. Elle voit un village et aperçoit une femme sur le porche d'une maison en bois, vêtue d'une grande robe et coiffée d'un bonnet à l'ancienne. Une calèche, traînée par deux tout petits chevaux, passe dans la rue. La femme sonne la cloche pour annoncer que le repas est prêt. Deux enfants surgissent du champ de blé, derrière la maison, et accourent vers leur mère. Camille se met aussi à courir vers l'entrée de la demeure, comme si quelqu'un la contrôlait. Elle ressent même le bonheur d'être avec eux. Puis leurs visages deviennent flous, le décor entier semble fondre sous ses yeux.

Camille revient à elle, ébranlée. Elle se rend à l'évidence, sa maison est vraiment hantée.

Elle dévale les marches à toute allure et se retrouve dans la rue en quelques secondes. Georges, qui s'y trouve déjà, la regarde d'un air ébahi et parvient à articuler :

— C'était quoi la face que tu faisais ! Tu avais l'air possédée, comme dans un film d'exorcisme !

— Merci d'être resté pour m'aider, grommelle-t-elle. En tout cas, le héros qui sauve la veuve et l'orphelin, ce n'est pas toi certain ! Puis elle est où Lara ? C'est quoi son problème de me laisser toute seule ? Elle me trahit encore ! Je vais l'appeler et lui dire que je dors chez toi.

Camille prend le téléphone de Georges et appelle Lara. Sans préambule, elle lui dit :

— Je vais dormir chez le voisin ce soir.

— O.K. Je vais dormir chez moi dans ce cas, répond calmement Lara. Écoute, je pense que je sais ce qui se passe. Je suis en train de lire des trucs. Fais vraiment attention. Ne retourne pas chez toi seule. Tu n'as toujours pas de cellulaire ?

— Tu sais bien que mon ayatollah de père est contre ! peste Camille. Là, je t'appelle du téléphone de Georges, mon voisin.

— Donne-moi son numéro, ça dit « Numéro privé » sur mon afficheur. Je vais t'appeler s'il y a une urgence, autrement je t'envoie un courriel.

Chapitre 19

CAMILLE A MAL DORMI. La journée de cours commence à peine et sa tête, trop lourde, est irrésistiblement attirée par son bureau comme un aimant à un frigo. Elle ne parvient pas du tout à suivre le cours de français. Il faut dire que les schémas actanciels que le professeur tente d'expliquer lui passent dix mille mètres au-dessus de la tête !

Georges lui donne un coup de coude et lui refile un bout de papier. Elle le déplie. Il a imprimé la page Web d'une compagnie qui propose une visite guidée du Vieux-Montréal traitant des fantômes qui hantent ce quartier. Elle soupire. C'est vraiment n'importe quoi ! Elle lui rend la feuille en maugréant.

— Il faut bien commencer quelque part, murmure Georges.

— On pourrait aller dans un cimetière égorger des ratons laveurs tant qu'à y être !

— Niaiseuse ! Ceux qui organisent la visite peuvent sûrement nous donner des pistes. Ça doit être des spécialistes ! J'ai commencé à regarder sur le net, mais c'est tout un fouillis ! On a besoin d'aide !

— Ils vont surtout nous prendre pour des fous, s'exclame Camille un peu trop fort : elle lève la tête et constate que toute la classe la fixe.

M. Daigneault, son professeur à la chevelure hirsute et aux yeux sortis de leurs orbites, la dévisage d'un air sévère et lui demande :

— Et selon toi, Camille, quel est l'élément déclencheur dans ce texte ?

Misère ! De quel texte il parle, lui ? s'angoisse-t-elle. Elle s'enfonce dans sa chaise, incapable de proférer un son, tandis qu'un autre élève a la bonne idée de répondre à sa place.

À la fin de cette pénible journée, après avoir ressassé le plan de Georges dans sa tête mille et une fois, Camille finit par admettre qu'elle n'a rien à perdre à assister au tour guidé des Fantômes de Montréal. Il y a une visite dans une heure et Georges a déjà fait les réservations. Ils ont amplement le temps de s'y rendre. Elle laisse un message à son père, lui disant qu'elle ira le rejoindre à l'hôpital après le souper.

Ils font le trajet en métro. En ce moment, Camille ne pense plus du tout au pensionnat de Val-Morin ni Georges aux groupes punks. Seuls le ou les intrus du grenier occupent leur esprit, mais ils n'osent pas en parler devant les autres. Ils restent donc silencieux durant tout le trajet. Parvenus au Vieux-Montréal, ils se rendent à la place Jacques-Cartier, lieu de départ de la visite. Georges paie, il a plusieurs billets de banque dans son portefeuille, Camille s'étonne qu'il ait autant d'argent :

— Tu as gagné à la loto ou quoi ?

— Bien non ! C'est l'argent que mes parents m'envoient pour faire l'épicerie. C'est moi qui gère tout ça, ajoute-t-il fièrement.

La visite débute, le groupe est surtout composé de touristes français qui trouvent que tout est « vachement délire ». Les légendes sont étonnantes. On y parle, entre autres, d'une prostituée décapitée à la hache par sa consœur beaucoup plus âgée. Elle était jalouse de sa beauté et encore plus de l'argent qu'elle faisait en lui volant tous les clients. Le groupe déambule dans les vieilles rues pavées du quartier au gré des histoires que la jeune guide costumée de vêtements d'époque enchaîne avec verve. Camille se décide enfin à passer à l'attaque :

— Vous savez comment on peut communiquer avec les fantômes ?

— Comment on parle aux fantômes ? répète l'actrice, incrédule.

— D'une voix étouffée ou tranchée ! blague un touriste en effectuant quelques mimiques macabres.

Les rires fusent. Camille se renfrogne.

— Tu veux t'adresser à un fantôme, Wouhou ! raille la guide avec un sourire moqueur, tu n'auras pas le temps de dire un mot qu'il te coupera la gorge ! Tu ferais mieux de lui écrire une lettre avec ton sang et de la lancer dans le foyer. Tu n'y verras que du feu !

La visite se poursuit, et bientôt Georges essaie à son tour de cuisiner la guide :

— Avez-vous déjà entendu dire qu'on court un risque lorsqu'un fantôme qui hante votre maison est né le même jour que vous ?

Le groupe explose de rire de plus belle. Camille ne comprend pas pourquoi Georges pose cette question. Est-ce que c'est un truc dont Zedong a parlé et qu'il ne lui a pas traduit ?

— Il risque de manger tout le gâteau ! s'exclame un touriste, et il brûlera les chandelles par les deux bouts !

Le groupe se bidonne. Camille observe la guide et en conclut qu'elle ne croit pas du tout aux fantômes. *Ce n'est qu'une étudiante en théâtre qui joue des rôles et ne connaît rien au sujet !*

Georges et Camille subissent la suite de la visite en silence, sans plus espérer qu'une information importante ne leur soit communiquée. L'activité enfin terminée, ils repartent penauds. Camille se tourne vers Georges, énervée :

— Tu ne m'as pas tout dit, toi ! C'est quoi, cette affaire de date de naissance ?

— Euh... Il y a d'autres choses que mon grand-père m'a racontées, balbutie Georges en baissant les yeux. Ça faisait beaucoup d'un coup et comme tu avais l'air sceptique...

— Pas encore lui ! Voyons donc ! s'exclame Camille en sursautant.

Georges se retourne et aperçoit Paul, leur voisin du troisième âge, qui les suit de loin. *Qu'est-ce qu'il fait ici* ? songe-t-il. *Il nous espionne ? Tout est comme tellement* space *ces temps-ci !*

Sans perdre une seconde, ils s'enfuient à toutes jambes. Après une longue course, ils se réfugient dans la tour de l'horloge du Vieux-Montréal. Ils en escaladent à toute allure les 192 marches. Arrivés en haut, dans l'observatoire qui était autrefois un phare pour les navires, ils se sentent enfin en sécurité. Rassuré, Georges lance à la blague :

— Si jamais il nous a suivis, ce vieux crotté ne sera jamais capable de monter toutes ces marches !

Mais qui est donc ce Paul ? se questionne Camille. *Et si c'était lui qui contrôlait les fantômes ? C'est peut-être un sorcier qui a lancé un sort à Félix !*

Une chose est incontestable, ce soir, Camille ne dormira pas chez elle, mais ira de nouveau coucher chez Georges !

— Je t'écoute, là, Georges. Dis-moi tout ce que ton grand-père t'a appris !

Chapitre 20

L A JOURNÉE D'ÉCOLE DU LENDEMAIN EST PÉ-
NIBLE. Les cours de maths lui donnent
toujours des maux de tête et son prof de
français, qui l'a prise en grippe, s'amuse à lui
poser des questions compliquées. Des filles
éclatent de rire à gorge déployée chaque fois
que Camille est interpellée sans pouvoir répondre. Heureusement, il y a les cours d'histoire dans lesquels Camille peut rêvasser un
peu. Son professeur est si expressif et si exu-
bérant qu'elle se croirait au théâtre.

À la fin de cette longue journée, elle est
heureuse de se retrouver sur le chemin du retour avec Georges.

— Je te le dis, c'est Paul qui est derrière tout
ça, s'enflamme Camille.

— Moi, ce vieux-là me semble trop gâteux
pour contrôler quoi que ce soit ! À la limite, il

est contrôlé par les fantômes. Comme Igor, le serviteur.

— C'est encore un punk, ça, Igor ?

— Voyons, Igor, le serviteur de Dracula !

— De Frankenstein, niaiseux ! Je te faisais une blague.

— Hey ! regarde ! s'étonne Georges. C'est encore lui ! Il est chez vous.

Georges et Camille se dissimulent derrière une voiture. Ils aperçoivent Paul qui sort de la demeure de Camille en regardant autour de lui d'un air circonspect. Il semble cacher quelque chose sous son bras. Le vieillard se dirige vers son logement et s'y engouffre.

Mon père avait sûrement oublié de verrouiller la porte, trop préoccupé par Félix, songe Camille qui se sent soudainement coupable. *Tout le monde est au chevet de mon frère sauf moi. Qu'est-ce je fais là à chasser des fantômes ?*

— Y'a quelqu'un ? lance Camille en entrant dans la maison.

Pas de réponse. *Lara m'a peut-être écrit un courriel, tel que convenu.* Elle se dirige vers l'ordinateur de son père.

Effectivement, c'est bien le cas. Elle lit :

Bonjour Camille, je suis partie de toute urgence chez un ami de ma tante qui habite à New York. Il va me donner des objets qui vont nous être utiles. Jeune, j'ai vécu une situation semblable à celle que tu vis. Je t'expliquerai. Va rejoindre tes parents à l'hôpital. Reste avec eux et évite à tout prix de te retrouver seule dans l'appartement. Sois sur tes gardes. Je t'appelle plus tard.

Bises,
Lara

Aller à New York ! Elle ne fait pas les choses à moitié ! C'est vrai qu'avant elle était prête à faire n'importe quoi pour m'aider. Enfin, c'est ce que je pensais, mais …

Camille évacue les pensées qui l'assaillent. Elle se relève et va rejoindre Georges.

— Regarde ! s'enflamme-t-il. Une marche de l'escalier du grenier a été enlevée et mal replacée.

— C'est vraiment *weird*. Mon frère m'a justement demandé si j'avais replacé la marche de l'escalier, l'autre jour à l'hôpital. Il m'appelait Marie, comme je te le disais.

Elle soulève la marche sous laquelle il y a une cavité. On dirait une cachette secrète, mais il n'y a rien dedans.

— Il y avait un objet là, désigne Georges, c'est évident juste à voir les traces laissées dans la poussière.

— C'est sûrement ça que Paul cachait sous son bras !

— Ce n'est pas moi qui vais aller le voir pour lui demander de nous le rendre ! dit Georges, effrayé.

— Tu ne m'as pas déjà parlé de cambriolage dans cet appartement ? questionne Camille en remettant la marche en place.

— Oui, mais c'était seulement des jouets qui étaient volés. Est-ce que c'était toujours Paul le voleur ? À quoi lui servent ces jouets ? Il ne peut pas en acheter au magasin comme tout le monde ?

Chapitre 21

PLUS TARD DANS LA SOIRÉE, CAMILLE VA RE-JOINDRE SA MÈRE À L'HÔPITAL. Julie a pris les choses en mains… Comme la science est impuissante à sauver son fils, elle a décidé de faire venir sa médium. En voyant sa fille entrer dans la pièce, elle s'exclame :

— Louise ! Ma fille va encore nous traiter de sorcières vaudous !

— Les médecins ont de nouveau fait des tests, Camille, ils ne trouvent toujours rien ! explique la médium affublée d'un turban multicolore et d'une artillerie de bijoux qui s'entrechoquent constamment. Pauvre petit, regarde comment il va mal ! C'est surnaturel cette affaire-là !

— Si papa vous pogne, il va capoter, ob-jecte Camille qui ne veut pas admettre que cette démarche lui donne de l'espoir.

Dans la chambre d'hôpital, Louise exécute sa cérémonie. Les yeux fermés et les bras pointés au plafond, elle médite intensément, puis se met à entonner un chant de gorge vaguement tibétain. Le temps ralentit, l'air et la lumière semblent se transformer. Peu à peu, on dirait que Louise se laisse habiter par une force occulte. Tout son corps tremble désormais. Félix s'éveille soudainement et se relève d'un trait.

— Papa ! marmonne Félix d'une voix d'outre-tombe, les yeux toujours fermés. Qu'est-ce qu'il raconte, M. Pettigrew ? Je veux le savoir !

Julie et Camille sont stupéfaites. Louise les rassure :

— Julie, ce n'est pas ton fils qui parle, mais un esprit qui habite son corps et qui vit dans une autre réalité.

Elle s'approche de Félix et pose sa main sur son front.

— Toi qui viens de loin, dis-nous quel est ton nom ? questionne Louise. Nous sommes ici pour t'aider ! Comment t'appelles-tu ? Où es-tu ? Qui est M. Pettigrew ?

Camille est convaincue qu'ils sont sur la bonne voie. D'ailleurs Pettigrew, c'est un nom qu'elle a entendu récemment, non ?

Félix est sur le point de répondre à Louise… mais Martin surgit alors dans la chambre. Dès qu'il aperçoit la médium en transe, il comprend ce qui se passe. Il profère tous les jurons qu'il connaît en invectivant les deux femmes. Dans ce brouhaha, personne n'entend la réponse de Félix qui replonge bientôt dans un profond sommeil. Le lien établi par la médium est rompu.

— Franchement, Julie ! tonne Martin. Comment as-tu pu…

— Tu ne comprends pas que c'est notre dernier espoir ! sanglote Julie.

Ces mots transpercent Camille comme un poignard.

— Tu te donnes des espoirs de pacotille et, en plus, tu entraînes Camille dans ton délire ! hurle Martin. C'est honteux. Inexcusable. Madame, quittez cette chambre tout de suite, et si je vous revois dans les parages, je vous… je vais avertir les employés de l'hôpital que vous n'êtes pas la bienvenue ici.

Louise ramasse son bric-à-brac et sort en tentant de garder la tête haute. Camille se précipite elle aussi hors de la chambre. Elle sait que ses parents vont s'engueuler comme du poisson pourri. Les mots « dernier espoir » résonnent dans sa tête. Et si c'était elle qui était le dernier espoir de Félix ? Elle doit trouver comment communiquer avec les fantômes sans tarder. Son cœur s'emballe, ses yeux se noient dans une mer houleuse.

Chapitre 22

L E LENDEMAIN MATIN, CAMILLE ERRE SEULE DANS LA COUR D'ÉCOLE SANS PLUS SE SOU-CIER DU REGARD DES AUTRES. Georges s'approche d'elle, il voit bien qu'elle est triste. Il tente de lui remonter le moral :

— J'ai de bonnes nouvelles !

— Tu as réussi à parler aux fantômes ?

— Pas encore, mais mes parents ont décodé des informations sur mon téléphone et ont décelé la trace des fantômes. Ils vont développer un logiciel pour nous aider à...

Mais Georges ne termine pas sa phrase. Trois blancs-becs l'ont bousculé par surprise. George tombe par terre et reste muet, intimidé. Camille reconnaît ces types : ce sont des pit-bulls en rut qui tournent autour d'elle depuis quelque temps.

— Va donc jouer aux échecs, Bill Wong ! s'exclame un des trois vauriens, ce qui fait ricaner ses comparses. Tu ennuies mademoiselle, comme d'habitude, ajoute-t-il en souriant à Camille.

– Retourne dans ta niche, petit caniche ! rétorque cette dernière. Tu ne vois pas que tu nous déranges !

Les trois jeunes se regardent, interloqués. Comment cette fille-là, qui a l'air plutôt *cool*, peut-elle préférer la compagnie de ce *nerd* à la leur ? La plupart des filles de l'école feraient n'importe quoi pour être dans leur gang ! Ils se retirent piteusement. Camille aide Georges à se relever.

— Euh… merci, murmure Georges. Ces trois-là me gossent depuis qu'on est amis.

— Pfff. Ils n'ont juste pas de personnalité, s'énerve Camille. Ils s'habillent exactement comme les tarlas dans *Twilight*. Tellement poche.

— Mets-en ! soupire Georges, qui tente maladroitement d'intégrer quelques éléments punks à son accoutrement depuis quelque temps, ce qui lui vaut quelques moqueries.

— J'espère que tes parents pourront nous aider. Ça presse ! Mon frère ne va vraiment pas bien ! Mais j'ai au moins une piste maintenant. Pettigrew ! Mon frère a dit ce nom-là hier à l'hôpital. Il était sous hypnose, c'était tellement évident que quelqu'un d'autre habitait dans son corps.

— C'est qui, Pettigrew ?

— Jason Pettigrew, c'est le propriétaire de mon appartement. Je lui envoyé un courriel hier soir, en utilisant le compte de mon père pour me faire passer pour lui. J'ai rendez-vous avec lui après l'école.

— Excellent ! s'exclame Georges. Mes parents ont congé aujourd'hui. Ils vont travailler sur notre affaire. Je devrais avoir des nouvelles vraiment bientôt. Avec le décalage horaire, ils vont travailler pendant qu'on dort ! Y'a de l'espoir !

Chapitre 23

DANS UNE BÂTISSE VICTORIENNE DE L'OUEST DU CENTRE-VILLE, CAMILLE OBSERVE LE BUREAU DE JASON. *Tout le monde voudrait habiter ici*, se dit-elle. Les moulures de bois antiques sont travaillées avec soin. Des objets d'art, placés avec minutie, garnissent les tables et les étagères. Une énorme bibliothèque regorge de livres anciens aux écritures dorées. Des tapis somptueux habillent le sol. Les couleurs de leurs superbes motifs s'agencent parfaitement avec le reste de la pièce.

Jason entre et s'adresse à elle :

— Bonjour ! Tu n'es pas avec ton père ?

— Il a dû retourner à l'hôpital, c'est lui qui m'a déposée et je prendrai un taxi pour repartir, ment Camille. Comme il vous l'a écrit, j'ai décidé de faire un exposé oral sur l'immeuble où j'habite, son histoire et celle des gens qui y ont habité. C'est dans le cadre d'un cours de français. On doit raconter l'histoire d'un élément de notre environnement... Votre très bel immeuble centenaire m'a semblé un choix original !

Jason bombe le torse. Elle a touché une corde sensible. Elle sort un cahier pour prendre des notes.

— Ma famille possède l'immeuble où tu habites depuis une éternité. C'est mon arrière-arrière-grand-père qui l'a fait construire en 1876. On l'a rénové récemment en respectant fidèlement l'architecture et la décoration de l'époque.

— Effectivement, c'est le plus beau de la rue, complimente Camille.

— Tu sais, l'appartement où tu résides a toute une histoire aussi. Les habitants de Montréal se déplaçaient à cheval quand il a été construit. *Can you imagine !* Et le parc Lafontaine, à côté, était une ferme appartenant à un certain M. Logan. Il a ensuite cédé ses terres à l'armée pour qui en a fait un terrain d'exercice pour les soldats. C'est en 1874 que la Ville de Montréal a loué le terrain pour inaugurer le parc appelé Logan à l'époque.

— Mon voisin m'a dit qu'il y avait eu plusieurs vols dans mon appartement. Êtes-vous au courant ?

— C'est vrai qu'il y a eu des vols, admet Jason, toujours en l'absence des locataires. Mais étrangement on ne volait que des jouets d'enfants ou des trucs sans importance. Il y a trois ans, les anciens locataires se sont fait dérober des toutous et une poupée. Le plus bizarre, c'est qu'il n'y avait aucune trace d'entrée par effraction. Comme si le voleur avait la clé ou qu'une porte avait été laissée déverrouillée.

— On n'a jamais retrouvé les voleurs ?

— Pas à ce que je sache. Mais il n'y a pas eu de vol ces dernières années... Ils doivent être derrière les barreaux. En tout cas, les serrures ont été changées.

— Ça s'est passé à quelle époque, tout ça ? C'est peut-être intéressant pour ma recherche !

— Ça a commencé il y a très longtemps. En fait, il y a même une jeune fille qui a disparu dans les années 1960. Elle s'était fait voler des jouets. Est-ce qu'elle s'est perdue en les cherchant ? Est-ce qu'elle a été kidnappée ? Mystère et boule de gomme.

— Brrr, frémit Camille. C'est vraiment horrible comme histoire !

— Ça fait longtemps que j'avais oublié cette histoire. Je n'étais pas né dans ce temps-là ! Et…

— Est-ce qu'il y en a eu beaucoup d'autres histoires du genre ? l'interrompt-elle.

— Toutes les maisons centenaires ont leurs histoires. Tu ne regretteras pas d'avoir choisi mon immeuble pour ta recherche ! Je me rappelle une légende, dans les années 1920, de soldats revenus de la guerre qui sont devenus fous dans ton appartement. Mais bon, ce ne sont pas les seuls soldats à qui c'est arrivé après cette guerre de tranchées complètement traumatisante. Et même avant, dans les années 1900, un couple affirmait que leur enfant y vivait avec eux. Le problème, c'est que leur fils était mort bien avant qu'ils n'emménagent dans cet appartement. Mais ce n'est pas ça le plus triste.

— Dites donc, ma maison est maudite ? Qu'est-ce qui peut être encore pire ?

— Au milieu des années 1880, explique Jason, la famille Valcourt habitait votre appartement. Ils étaient pauvres. Ils étaient venus s'installer à Montréal pour fuir la misère des campagnes, comme beaucoup de paysans canadiens-français de l'époque. Le Plateau Mont-Royal était alors un quartier très pauvre, où des familles nombreuses d'ouvriers s'entassaient dans des conditions que tu n'imaginerais pas.

— J'ai lu que le quartier s'appelait alors Saint-Jean-Baptiste.

— Exact ! Je vois que tu travailles sérieusement. L'hygiène d'alors laissait à désirer. Les ordures s'empilaient dans les ruelles, ça puait tellement que les voyageurs américains évitaient notre ville ! Ça favorisait les maladies.

En tout cas, la variole a emporté les trois enfants de la famille Valcourt. Au XIXe siècle, on l'a oublié aujourd'hui, il y avait encore des épidémies graves.

— La variole, c'est comme la varicelle ?

— Non, c'était une maladie très grave mais qui a disparu, un peu comme la peste. Tout ça semble horrible, mais je suis certain qu'il y a eu des tonnes d'histoires comme ça dans le quartier. Le monde d'hier était bien plus dur qu'on ne le pense. *Times have changed...*

Camille est parcourue d'un frisson en songeant à tout ce qu'elle vient d'entendre. *En tout cas, ça nous fait beaucoup de pistes !* songe-t-elle. Elle est sur le point de repartir, mais une dernière question lui vient à l'esprit :

— Connaissez-vous le voisin grincheux qui terrorise tout le monde dans la rue en les menaçant ?

— Ah ! Ce vieux fatigant de Paul ! s'esclaffe Jason. Tous les ans, il nous demande de lui louer votre appartement à la moitié du prix. Évidemment, on refuse à chaque fois et il nous répond toujours que le montant des loyers est bien trop élevé depuis qu'il y a plein de gens huppés venus s'installer sur le Plateau.

— En tout cas, il fait peur à voir, dit Camille en se levant de sa luxueuse chaise. Avez-vous des documents d'époque concernant l'immeuble dont je pourrais me servir pour mon exposé ?

— Oui. Nous avons fait digitaliser toutes les archives familiales. Je t'enverrai les plans d'architectes originaux. Tu verras, il y a plein de détails qui te seront utiles. Savais-tu qu'on isolait les murs avec des poches de jute ?

— Non ! Mais mon voisin Georges, oui sûrement. Bon, je dois y aller. Merci beaucoup pour votre temps et, si vous pensez à autre chose au sujet de notre logement, n'hésitez pas à me le faire savoir

— C'est noté, *Miss* Hermione Granger ! À bientôt !

Aussitôt que Camille a quitté son bureau, Jason se dirige vers sa bibliothèque et sort un vieux livre à la couverture en cuir vert dans lequel sont rassemblées des coupures de journaux, des lettres et d'autres paperasses. Il le feuillette rapidement et s'arrête à une page qu'il lit attentivement. Soudain, son visage se crispe. Il prend le livre, le met dans sa mallette et quitte son bureau à son tour, l'air tracassé.

Chapitre 24

CAMILLE FILE CHEZ GEORGES ET LUI RACONTE EN DÉTAIL LA CONVERSATION QU'ELLE A EUE AVEC JASON.

— Il s'en est passé des trucs bizarres chez vous ! s'étonne Georges. Moi, pendant que t'étais partie, j'ai regardé sur Internet pour trouver comment communiquer avec des fantômes. Il y a vraiment plein de choses, comme je te l'ai déjà dit.

— Il faut qu'on fasse des recherches sur la fille disparue dans les années 1960, s'emballe Camille.

— O.K., mais, à mon avis, l'histoire des enfants morts de la variole est la meilleure piste.

— Allez, au travail ! Il y a plein de scénarios à explorer, même celui des soldats de la Première Guerre mondiale. En passant, tu n'as pas de la bouffe chinoise comme celle du resto ? C'était vraiment bon. J'ai faim et mon père ne reviendra pas avant tard ce soir.

Mais Georges, happé par son ordinateur, ne répond plus. Camille aperçoit Zedong et réalise qu'il les épiait, immobile comme un bonsaï. Il lui fait un clin d'œil et se dirige vers son réfrigérateur. Camille salive en imaginant le délicieux repas qu'elle va dévorer.

Chapitre 25

*E*NFIN, SAMEDI MATIN ! PAS BESOIN D'ALLER À L'ÉCOLE, UN ENDROIT AUSSI LE FUN QU'UNE PRISON RUSSE, SONGE CAMILLE EN S'ÉVEILLANT LENTEMENT.

C'est la première nuit qu'elle passe dans son appartement depuis quelques jours. Si son père n'était pas venu la chercher hier soir pour la ramener chez elle, elle aurait sans aucun doute dormi une autre nuit chez Georges. C'est avec la peur au ventre qu'elle s'est retrouvée seule dans sa chambre.

Mais, contrairement aux dernières nuits passées dans son nouvel appartement, elle n'a pas fait de cauchemars et a même dormi comme un bébé.

Le téléphone retentit, c'est Lara :

— Allô Camille, je suis toujours à New York. Je prends l'autobus de nuit et arrive demain matin. Es-tu avec ton père ?

— Oui, mais il est sous la douche, ment Camille. Ne t'inquiète pas, je ne reste pas seule dans l'appartement.

— Dis-moi ma belle, est-ce qu'il y a des gens bizarres qui tournent autour de l'appartement ?

— Euh... Oui, il y a toujours le vieux voisin, Paul. Il est même rentré chez nous quand on n'était pas là. On l'a vu sortir.

— Ah non ! En tout cas, tiens-toi loin de lui ! Je t'expliquerai à mon retour. Dis à ton père que je l'embrasse. Bye.

— Explique-le-moi tout de suite...

Trop tard. Lara a raccroché.

Camille sort dans le couloir, espérant voir son père, mais il est déjà parti à l'hôpital. Hier, elle l'a entendu dire au téléphone que Félix était sur le point de...

Camille souhaiterait ne pas avoir entendu cette conversation.

Elle doit quitter cet appartement au plus vite, pour ne pas y rester seule. Elle s'habille promptement et file chez Georges. Martin préférerait sans doute qu'elle le rejoigne au chevet de Félix. Comment lui expliquer qu'elle ne viendra pas, car elle tente de sauver son frère, à sa façon ? Quand elle pense à la crise qu'a faite son père à Louise, la médium, elle sait qu'elle ne peut en aucun cas lui parler de fantômes. Mieux vaut lui dire que voir son frère dans cet état est trop dur pour elle. Elle a même laissé plusieurs messages à Louise pour lui demander conseil, mais celle-ci n'a jamais retourné ses appels. Elle ne peut compter que sur Georges pour l'aider, mais les recherches qu'ils ont faites hier n'ont rien donné.

Elle est sur le point de sonner à la porte de son voisin, mais celui-ci l'ouvre brusquement et lui demande :

— As-tu déjeuné ?

Ce gars-là est vraiment weird, se dit Camille. *Est-ce qu'il a dormi debout devant la porte en m'attendant ?*

Elle sonne quand même, elle a trop envie d'entendre les pépiements d'oiseaux de nouveau. *Cuicuicui, cuicuicui.* Elle sourit, mais voit un point d'interrogation se former sur le visage de Georges. Il la trouve sans doute un peu *weird*, lui aussi.

— Je n'ai pas faim. Tu me laisses entrer ?

— Non, on va directement à l'Hôtel-Dieu. Il y avait un hôpital pour varioleux juste à côté, à l'époque. J'imagine qu'ils ont des archives ! On va essayer d'y trouver quelque chose concernant une certaine Marie Valcourt. Je nous ai même fait des sandwiches.

— Moi je te dis que c'est la fille des années 1960 ! fulmine-t-elle. Des sandwiches à quoi ?

— On ira voir à la bibliothèque après, concède-t-il. Ils ont les journaux des années

1960 sur microfilms, il me semble. Mais on commence par l'Hôtel-Dieu. Au beurre de pinottes.

— D'accord ! Il faut vraiment qu'on trouve quelque chose aujourd'hui. Mon frère va vraiment mal. Lui qui adorait les sandwiches au beurre de pinottes justement.

Sa voix se brise. Georges aurait bien envie de la prendre dans ses bras pour la consoler. Mais c'est Sambuca qui vient se coller contre elle. Penaud, Georges s'étonne :

— C'est bien la première fois depuis trois jours qu'il quitte l'autel de mes ancêtres.

Camille flatte le petit rongeur, ce qu'elle n'avait jamais fait auparavant. Elle a l'impression qu'il la comprend :

— On va le prendre avec nous, pauvre petit.

— Un rat à l'hôpital, c'est peut-être pas la meilleure idée pour passer inaperçus, objecte Georges.

— On va le mettre dans ton beau sac à dos, avance-t-elle. Tu vas avoir l'air bien plus punk avec Sambuca, tu sais.

Georges lève un sourcil. Camille a-t-elle remarqué qu'il s'est mis un peu de gel dans les cheveux pour se faire le début de l'amorce d'une coupe de cheveux de style punk ? *Un jour j'irai à l'école avec Sambuca*, se dit-il. *Avec les cheveux bleus et un rat sur l'épaule, les trois gros twits ne m'achaleront plus.*

Les deux jeunes détectives en herbe se mettent en route. Ils cheminent jusqu'au boulevard Saint-Laurent et l'empruntent vers le sud. La grande artère que les Montréalais appellent La *Main* est encore endormie en ce samedi matin. Camille oublie ses soucis en reluquant les vitrines des boutiques tout en écoutant Georges d'une oreille distraite. Il a passé la nuit à lire tout ce qu'il trouvait au sujet de l'épidémie de variole de 1885. C'est avec plaisir qu'il discourt :

— Le maire de Montréal s'appelait Honoré Beaugrand, comme la station de métro ! Le village de Saint-Jean-Baptiste, ça, c'est le Plateau Mont-Royal d'aujourd'hui... a particulièrement souffert des épidémies. Il n'y avait que 200 000 habitants à Montréal, mais les paysans francophones qui mouraient de faim dans les campagnes se sont mis à affluer pour venir travailler dans les usines des propriétaires anglophones. Les ouvriers canadiens-français vivaient empilés les uns sur les autres. Quand l'épidémie a éclaté, ils refusaient que leurs enfants se fassent vacciner. Ça enrageait les bourgeois anglophones qui méprisaient les croyances et superstitions de ces habitants canadiens-français.

— Quelles croyances ? Que le frère André allait les guérir avec son huile magique ?

— Bien non ! Les ouvriers pensaient que les vaccins rendaient malades. D'ailleurs, ils n'avaient pas tort : les premiers qui ont été distribués au début de l'épidémie étaient contaminés. En plus, dans ce temps-là, le vaccin n'était pas donné avec des seringues, mais avec une technique bizarre de grattage de peau, ça avait l'air dégueu !

— Beurk, grimace Camille.

— Tout ça pour dire qu'il y a eu plein d'émeutes. Les ouvriers francophones ont même saccagé les bureaux d'un journal anglophone, le *Herald*.

— Montréal c'était *full punk* dans ce temps-là, mon Georges !

Sambuca s'agite soudainement dans le sac. Zut ! il va saccager notre lunch, pense la jeune fille. Elle sort le petit rongeur du sac de Georges et le prend dans ses mains, mais le rat ne semble pas rassuré. Camille regarde autour d'elle, anticipant un danger. Rien. Elle reprend son chemin, mais ne cesse de regarder par-dessus son épaule, tout comme Sambuca d'ailleurs.

— Les fantômes nous suivent ou quoi ? demande Georges, mi-figue mi-raisin, mais plutôt raisin sec.

— Ce n'est pas normal que Sambuca soit comme ça ! Depuis le début, il sent les choses.

— Il sent surtout le beurre de pinottes ! explique Georges en constatant le saccage de leur lunch. Cette idée de le mettre là-dedans, aussi ! Bon, on tourne ici, sur Saint-Cuthbert.

— Saint Cul de verre ? rigole Camille.

Mais sa blague tombe à plat. Ils tournent au coin de la rue.

Dès qu'ils ont disparu, Paul sort de la pénombre et presse le pas vers la rue Saint-Cuthbert.

Chapitre 26

LES VOILÀ À L'HÔTEL-DIEU. DANS LE HALL D'ENTRÉE BOURDONNANT, PERSONNE NE LEUR PRÊTE ATTENTION. Ils se faufilent au milieu de la foule et montent aux étages supérieurs. Ils déambulent dans les couloirs. *Encore un foutu labyrinthe*, se dit Camille qui trouve très étrange de se promener ainsi sans être interceptée. Elle a l'impression de faire un mauvais coup et regarde par terre afin que personne ne croise son regard.

Georges l'entraîne dans un bureau inoccupé. *Coudon, il n'a peur de rien aujourd'hui, il se prend pour James Wong 007*, se dit-elle. Il se met tout de suite à l'ordinateur. Camille a une peur bleue que quelqu'un les prenne en flagrant délit. En moins d'une minute, Georges a réussi à pirater le système avec une facilité déconcertante. Il lance plusieurs recherches, mais ne trouve rien concernant Marie Valcourt.

— Ça ne m'étonne pas, raille Camille. Je suis certaine que le fantôme, c'est la fille disparue dans les années 1960. Si au moins on connaissait son nom !

— Tu n'as pas pensé à le demander au propriétaire ? lance Georges, incrédule. Elle s'appelait peut-être Marie ?

— Zut, je vais l'appeler, passe-moi ton téléphone.

Camille tente de joindre Jason, en vain, tandis que Georges navigue sur les flots informatiques de l'hôpital.

— Je n'ai pas envie de laisser de message, rouspète Camille en raccrochant. Je rappellerai.

— Les archives de cette époque ne sont même pas informatisées ! Ils ont juste commencé à numériser depuis 2011 ! Gang de paresseux !

— Hé vous !

Camille et Georges sursautent. Ils ont été repérés ! Un préposé se tient dans l'embrasure de la porte. Il n'a pas l'air content du tout et grogne :

— Qu'est-ce que vous faites ici ? Vous savez que je peux vous envoyer au poste de police ?

— On voulait juste se brancher sur Internet, lui répond Georges. Mon téléphone est brisé et on voulait envoyer un message à mon grand-père pour qu'il vienne nous chercher.

— Pourquoi vous n'avez pas pris le téléphone juste à côté ? demande sèchement le préposé.

Camille et Georges restent figés.

— Euh, on a essayé, mais ça ne marchait pas, riposte Camille.

— C'est parce qu'il faut faire le « 9 » avant, leur rétorque le préposé. Vas-y, fais le « 9 » et compose ton numéro.

Georges obtempère. Il parle bientôt en chinois à Zedong puis raccroche.

Sambuca s'agite dans le sac de Georges. Camille fait comme si de rien n'était, brasse un peu le sac et le met sur son épaule.

— Merci beaucoup monsieur ! marmonne Georges. Mon grand-père s'en vient nous chercher. Euh… on venait visiter une amie qui a eu un accident et…

— Je vais aller attendre votre grand-père avec vous, l'interrompt le préposé en prenant le chemin qui mène à la sortie.

Camille lance un regard noir à Georges. *Pourquoi multiplier les mensonges et risquer de s'emmêler ?*

Ils sortent du bureau sans voir Paul qui les suit. Le vieil homme arbore un sourire en coin, comme s'il était content que ces gamins se soient fait prendre. Il se mêle à la foule de l'urgence, à l'insu des jeunes.

Quelques minutes plus tard, Zedong arrive en taxi. Il sort du véhicule et se dirige vers Georges et Camille, l'air grave.

— Monsieur, vous auriez pu aller chercher votre petit-fils au poste de police, s'emporte le préposé. Ils étaient entrés dans un bureau privé. J'espère que vous allez leur faire la morale.

Zedong ne répond rien. Il fait signe aux enfants de monter dans le taxi.

— Entre nous, lui murmure le préposé, je ne crois pas vraiment à leur histoire. Ils allaient probablement faire une niaiserie. Surveillez-les !

Zedong, pour toute réponse, prend les mains du proposé dans les siennes comme le veut la coutume chinoise.

Le préposé est décontenancé. *Ce vieil homme ne comprend vraiment rien à tout ce que je dis*, pense-t-il. *Inutile d'insister. Avec des vieux comme ça, qu'on ne s'étonne pas que les jeunes d'aujourd'hui virent mal !*

Il extrait finalement ses mains de l'étreinte persistante du grand-père et rentre à l'hôpital.

Chapitre 27

De retour chez Georges, Camille entre, non sans observer la sonnette qu'elle voudrait bien actionner de nouveau, mais Zedong n'apprécierait probablement pas cet enfantillage. Elle ne parvient pas à savoir si le grand-père de Georges est fâché ou non. En tout cas, il semble soucieux.

— Camille, c'est demain date, lance Zedong avec un fort accent chinois en se tournant vers elle.

Elle est étonnée de l'entendre parler français. *Pourquoi il ne l'a pas fait avant ? C'est vraiment une famille de* weirdos !

— Quelle date ? demande Camille.

— Le 15e jour du 7e mois lunaire, s'impatiente Georges. Il avait dit que c'était dans cinq jours ! Comme ça fait quatre jours, c'est donc demain. Il faut qu'on fasse quelque chose d'ici demain, sinon…

— Faut préparer cérémonie, continue Zedong.

— Je lui ai dit pour l'histoire des dates de naissance, explique Georges. Elle sait que le fantôme qui s'est emparé du corps de Félix est certainement né à la même date que lui.

— Toi as cherché à hôpital si enfant mort de variole est né même jour que frère de Camille ? interroge Zedong.

— Ce n'était pas dans le système, ils n'ont pas numérisé les archives antérieures à 2011, se désole Georges, et je n'ai aucune idée de l'endroit où se trouvent les archives de 1885 !

— 1885 n'est pas la seule piste, l'interrompt Camille. Il y a aussi la fille disparue dans les années 1960… Et les soldats de la Première Guerre mondiale. On ne sera jamais capables de résoudre tout ça d'ici demain !

— Retournons au grenier, propose Georges.

— Ça n'a rien donné l'autre fois, s'objecte Camille. On ferait mieux d'aller faire d'autres recherches, non ?

— On n'a pas le temps de dénicher les archives de 1885, ça doit être dans un vieux sous-sol plein de rats puants… euh, désolé Sambuca, de coquerelles répugnantes, je voulais dire. En tout cas, même si on trouve le bon endroit, ça nous prendrait des jours pour trouver l'info. Il doit y avoir des montagnes de papiers en désordre, si ça n'a pas brûlé.

— On avait dit qu'on irait à la bibliothèque pour la fille des années 1960 ! proteste Camille.

— Allez grenier, murmure Zedong. Vous devoir essayer.

— On va leur dire qu'on sait qu'un petit Valcourt s'est emparé du corps de Félix, propose Georges. Rien à perdre. Et j'ai trouvé plein de trucs sur le net pour communiquer avec eux.

Chapitre 28

GEORGES ET CAMILLE PÉNÈTRENT SUR LA POINTE DES PIEDS DANS LE GRENIER. LE SILENCE QUI Y RÈGNE EST À COUPER LE SOUFFLE. Camille a l'étrange sentiment que cet endroit mystérieux n'a plus rien d'anormal aujourd'hui. Pourquoi la lumière au plafond s'allume-t-elle cette fois-ci ? Georges brandit son téléphone intelligent qui fonctionne parfaitement bien aujourd'hui. Pour la première fois, Sambuca reste calme et indifférent à l'atmosphère du grenier. D'une voix forte, Georges s'adresse aux fantômes

— On sait que vous êtes des Valcourt et qu'un de vous est né le 20 juillet !

— … ou que tu es disparue en octobre 1966, Marie, renchérit Camille.

Georges lui lance un regard désapprobateur. Elle s'entête vraiment à croire que cette histoire de fillette disparue dans les années 1960 est la bonne. *Ça va tout mélanger les fantômes*, pense-t-il, exaspéré.

Les jeunes attendent. Rien ne se passe. Comme s'il n'y avait plus personne. Georges sort un lampion de sa poche et l'allume. Il a lu sur Internet que la lumière d'une flamme aide à communiquer avec les esprits. Mais soudainement, Camille se rend à l'évidence :

— Je comprends ! Depuis que Paul est entré dans ma maison, c'est comme si les fantômes n'étaient plus là. Georges, je suis certaine qu'il faut récupérer l'objet que Paul a volé dans la marche d'escalier.

— Comme si les fantômes étaient liés à cet objet et non pas à la maison ? Euh… on va quand même pas aller chez Paul ? Lara ne t'a pas dit de tout faire pour l'éviter, lui ?

— Il faut ce qu'il faut, lance Camille d'un ton déterminé. Je vais prendre le bâton de baseball de mon frère au cas où. Il est en métal en plus ! On peut aussi amener du push-push à toilette avec javellisant. Tu lui *shootes* ça dessus et ça va faire comme de l'ail pour les vampires !

Chapitre 29

En un coup de vent, Camille est déjà rendue dehors et marche d'un pas décidé vers l'appartement de Paul. Elle se retourne et n'est pas surprise de constater que Georges traînasse derrière elle, l'air inquiet. Elle attend qu'il la rejoigne et dit, moqueuse :

— Il te fait vraiment peur celui-là, hein ?

— Et s'il est chez lui ? On va avoir l'air fin. On va dire quoi ? Qu'on vend du chocolat pour notre bal de finissants ?

— Bonne idée ! rétorque Camille en se lançant dans les marches menant à la porte de chez Paul.

— Wô là ! bafouille Georges. On n'a pas de chocolat. Puis le bal de finissants c'était une blague, on n'est pas en 5ᵉ secondaire, faudrait trouver…

— Hey ! La porte n'est pas barrée, l'interrompt Camille en tournant la poignée. Arrête
de niaiser, et suis-moi !

Georges voit Camille disparaître à l'intérieur de l'appartement. Sambuca émet des
cris stridents en frissonnant de tout son corps.
Georges le caresse et le remet dans son sac à
dos. Le rat, à peine rassuré, sort sa tête et regarde de tous bords, tous côtés. Georges prend
une grande inspiration et fonce. Derrière la
porte, un escalier mène jusqu'au 3e étage. *Ça
doit quand même être pénible pour un vieux de
monter toutes ces marches jour après jour*, songe-
t-il. Camille est déjà dans l'appartement. Elle
lui fait signe de s'immobiliser. Ils tendent
l'oreille et retiennent leur souffle. Aucun son.
Ils ont l'impression qu'il n'y a personne. Pourvu qu'ils ne se trompent pas ! Ils se dirigent
vers la partie cuisine-salon de l'unique pièce
du logement.

Camille et Georges sont dégoûtés. L'appartement est poussiéreux et n'a pas été rénové
depuis des lustres. Un vieux poêle à bois, qui
sert visiblement de cuisinière, est couvert de
traces d'aliments séchés et en décomposition.
L'odeur nauséabonde révèle que le torchon est
un objet inexistant ici. Camille a presque envie d'utiliser son push-push à toilettes, mais
se retient. De vétustes lampes à huile diffusent
une lumière glauque dans la pièce. Au centre,

ils sont étonnés d'apercevoir un autel qui ressemble à celui du grand-père de Georges. Des photos d'une famille, un peu floues et en noir et blanc, sont accrochées sur le mur, au-dessus de l'autel. Sous ces photographies se trouve un coffret de bois, orné de motifs sculptés grossièrement et parsemé de tâches de couleurs qui laissent deviner qu'il était recouvert de peinture à l'origine. Georges et Camille se regardent d'un air complice. Ils sont certains que c'est l'objet qui leur a été volé.

Ils sont sur le point de se faire un *high five* lorsqu'ils entendent des pas dans l'escalier. Paniqués, ils s'emparent du coffret sans même avoir eu le temps de l'ouvrir et s'enfuient par la porte arrière. Ils se retrouvent dans la ruelle en moins de deux et prennent leurs jambes à leur cou.

Chapitre 30

LES DEUX FUGITIFS ARRIVENT À TOUTE ALLURE DANS LA COUR ARRIÈRE DE CHEZ CAMILLE ET EMPRUNTENT L'ESCALIER EN FER FORGÉ MENANT À LA PORTE DE LA CUISINE. Georges tente de l'ouvrir, mais elle est verrouillée. Il jette un regard craintif vers la ruelle. Personne… pour l'instant. *Paul se déplace lentement, mais il s'en vient sûrement*, pense Georges, en serrant le bâton de baseball de Félix dans ses mains. Il tente de forcer la porte en donnant un coup avec son épaule et manque ainsi d'écraser Sambuca, qui sort la tête du sac, ébranlé.

— Hey le malade ! rugit Camille. Tu vas tout péter. Tu as déjà entendu parler d'une chose qui s'appelle une clé ? Ça tombe bien, j'en ai une couple, poursuit-elle en tendant le coffret à Georges pour pouvoir sortir son trousseau. Voyons, c'est laquelle déjà ? C'est

qui le cave qui a décidé que toutes les clés devaient se ressembler ? Je vais les peinturer de
différentes couleurs, moi, mautadit !

— Grouille ! râle Georges, au bord de la
crise de nerfs.

Camille essaie plusieurs clés avant de trouver la bonne. Georges croit entendre des pas
dans la ruelle. Il se rue vers l'intérieur en bous-
culant Camille. Sambuca, terrorisé, bondit hors
du sac en accrochant le coffret qui glisse des
bras surchargés de Georges. Heureusement,
Camille parvient à rattraper le précieux objet
avant qu'il ne tombe par terre. Elle s'empresse
de verrouiller la porte et ricane :

— On n'a plus les punks qu'on avait. Dépêche-toi, on retourne au grenier.

— J'allais te le proposer. On ne devrait pas
appeler Lara aussi ?

Mais Camille est déjà partie. *Cette ma-
nie qu'elle a de ne pas attendre les autres*, se dit
Georges. Il jette un dernier coup d'œil craintif
vers l'extérieur avant d'emboîter le pas à son
amie, le bâton de baseball toujours en main.
Sambuca s'empresse de le rejoindre en ram-
pant comme un soldat dans un film de guerre.

Dès qu'il a rejoint Camille, Georges la voit
ouvrir le coffret pris chez Paul et en sortir plusieurs objets dont des bijoux qui semblent sans
valeur, des bouts de papiers jaunis et une mèche
de cheveux blonds. La réaction des fantômes

est immédiate. La boîte à musique s'ouvre et entame sa ritournelle. Le téléphone intelligent de Georges redevient un stroboscope. La lumière du grenier vacille, s'éteint et se rallume comme dans une discothèque hantée. Les objets autour d'eux volent et s'entrechoquent tandis que les soldats de plomb dansent allègrement la java. Sambuca saute dans les bras de Camille et tremble de tout son être. Georges aimerait bien être un rat, lui aussi ! Il pourrait sauter dans les bras de Camille !

— Dites-moi ce que je dois faire pour sauver Félix, demande Camille d'un ton suppliant.

Personne ne répond, mais une cohorte de billes se met à tourbillonner et s'élève à la hauteur de leurs yeux. Elles se heurtent les unes aux autres au rythme de la mélodie de la boîte à musique. Tout d'un coup, les billes s'illuminent et créent un flot lumineux multicolore en parfait synchronisme avec le téléphone-stroboscope de Georges.

Camille est à nouveau projetée dans d'étranges visions. Elle a l'impression d'être à cheval entre le rêve et la réalité.

Elle se retrouve dans un appartement d'un autre temps. Deux enfants, habillés en guenilles, jouent dans une pièce. Ils ont le visage marqué de pustules. Un jeune garçon s'amuse avec des soldats identiques à ceux que Félix a trouvés dans le grenier.

Sans l'avoir voulu, elle se met à descendre les marches, passagère d'un corps qui n'est pas le sien. *Je vois les souvenirs de Marie, je suis comme dans son corps,* se dit Camille.

Dans une pièce à l'étage inférieur, elle entraperçoit des hommes qui discutent vivement sans parvenir à discerner leurs paroles. *Ils ont d'étranges chapeaux,* songe-t-elle.

Un homme, qu'elle voit de dos, est coiffé d'un couvre-chef qui s'apparente à ceux des cowboys, mais il est noir et bien plus petit. Un de ses interlocuteurs, élégamment vêtu, tient un haut de forme immense à la main. *Georges avait raison, tout ça n'a rien à voir avec les années 1960. Il s'agit bien du XIXe siècle. C'est clair, je vois l'époque des fantômes à travers les yeux de Marie.*

Camille tressaille soudain, frappée par une évidence. *En fait, ce n'est pas son passé que je vois,* devine-t-elle, *c'est son présent ! Elle ne se rend même pas compte qu'on est un siècle et demi plus tard ! Pour ses frères et elle, on est encore en 1885. Le pire, c'est qu'ils pensent peut-être même qu'ils sont encore vivants.*

Elle se retourne et aperçoit l'escalier qu'elle vient de descendre. *C'est mon escalier,* se dit-elle, *celui qui mène au grenier. Il s'agit bien de mon appartement habité par les Valcourt, au XIXe siècle, même si la décoration et les meubles sont complètement différents.*

Mais, en moins de deux, cette vision du monde des fantômes s'estompe. Elle revient à la réalité, secouée.

Sambuca s'élance, prend la mèche de cheveux blonds du coffret dans sa bouche et gratte le plancher comme s'il voulait l'enterrer. *Ce rat est devenu sénile*, ricane Camille. Elle décrit alors à Georges les visions qu'elle vient d'avoir. Celui-ci s'enthousiasme :

— On va y arriver ! Cette vision c'est une façon d'entrer en contact avec nous. Ils veulent nous parler. Je vais refaire le tour des pages Web qui donnent des trucs pour communiquer avec ces esprits. J'ai gardé toutes les adresses Internet en mémoire dans mon téléphone ! Je les ai d'ailleurs classées en huit catégories.

— En tout cas, toi, t'es tout seul dans ta catégorie. Dis-moi juste quelle est la meilleure option selon toi ?

— Première piste : il faut des chandelles noires et du thym frais ou en poudre. As-tu ça quelque part ?

— Évidemment, mon père a toutes les herbes fraîches possibles et imaginables. Il les arrose même à l'eau de source, ajoute-t-elle avant de redescendre.

— Oui ! J'ai tout ce qu'il faut ! s'égosille bientôt Camille, de l'étage inférieur.

Camille revient avec le tout, allume les chandelles noires et dispose du thym séché autour de celles-ci. Georges ferme les yeux et se met à lire une prière sur son téléphone :

— *Marie, toi qui vécus hier,*
Je t'appelle d'esprit à esprit,
Reviens de l'ombre ou de la lumière
Et manifeste-toi ici.

Mais il ne se passe rien. Les soldats continuent à danser leur étrange tango.

— On ne se décourage pas, maugrée Georges. Il y a plein d'autres pistes, il faut tout essayer.

Chapitre 31

Le lendemain, Camille s'éveille chez Georges. Quel enfer ç'aurait été de dormir seule à l'appartement, avec tous ces esprits dans le grenier, en ayant peur que Paul ne profite de la nuit pour revenir chez elle. Elle a d'ailleurs dormi avec le coffret sous ses draps !

Ce matin, elle se sent découragée. Toutes les tentatives de la veille sont tombées à plat. Impossible d'entrer en contact avec les fantômes. Peut-être faudrait-il s'enduire tout le corps de sang de chauve-souris pour espérer qu'ils leur parlent. L'inquiétude la ronge, car c'est aujourd'hui qu'il faut faire le rituel. Cette journée sera déterminante.

Il est trop tôt pour appeler Lara qui est revenue de New York cette nuit et dort probablement, mais Camille a hâte d'avoir de ses nouvelles. Elle a besoin de son aide, car elle ne sait vraiment plus quoi faire !

— Enfin une bonne nouvelle ! hurle Georges en faisant irruption dans la chambre de son invitée.

— Hey ! frappe avant d'entrer, rouspète Camille. Je ne suis pas encore habillée.

— Mes parents viennent de m'envoyer une application pour mon téléphone, continue Georges, le dos tourné et le visage rougi par la gêne. Ils l'ont développée en fonction de la date de naissance de ton frère. Si le fantôme qui s'est emparé de son corps est né le même jour que lui, comme le pense mon grand-père, ça va fonctionner. Il le faut ! Parce que c'est ce soir qu'on doit faire la cérémonie.

— Génial ! Bon, maintenant sors d'ici, polisson ! Je m'habille, puis on retourne dans le grenier.

Chapitre 32

— Tu vois, quand les fantômes parlent, nous ne les entendons pas, mais le téléphone, lui, capte des fréquences suraiguës qu'il traduira en texto. Puis, quand nous répondrons par texto, l'application de mes parents transformera nos messages en sons suraigus que les fantômes entendront. Pour eux, ça sera comme une conversation normale... mais ils ne nous verront pas.

— Voyons donc ! C'est dur à croire. Écris aux fantômes pour qu'on voie si ça marche !

— Bon, regarde, là, je tape : « Marie, es-tu là ? ».

Camille patiente en observant les soldats de plomb qui s'obstinent à danser depuis la veille. Elle entend le battement de son cœur dans ses oreilles. Les secondes défilent. C'est trop long ! Elle ne veut pas croire que leur dernier espoir s'envole ! Soudainement, du texte apparaît sur l'écran du téléphone de Georges.

« Oui je suis ici, vous êtes qui ? »

— Ça marche ! s'enthousiasme Camille. Je n'en reviens pas.

Elle s'empare du téléphone et tape :

« Je m'appelle Camille, j'ai treize ans. »

« Camille, pourquoi je ne te vois pas ? Ça me fait peur. Existes-tu vraiment ou c'est la fièvre qui me fait délirer ? Est-ce que c'est vous qui étiez là l'autre jour ? »

« Tu nous voyais ?› » tape Camille.

« Non j'ai vu des choses bouger, j'ai vu les soldats de mon frère tomber tout seuls. Je n'arrête pas de sentir et de voir des choses bizarres, mais papa dit que c'est à cause de la fièvre. »

« Ne t'inquiète pas, Marie, écrit Camille, on est avec toi. »

— Demande-lui combien ils sont, intervient Georges, quel est leur nom, leur âge et leur date de naissance !

— Euh ! Oui, une chose à la fois ! Je ne suis pas une machine !

Camille rédige toutes ses questions, frénétiquement. C'est avec joie qu'elle lit la réponse :

« Je m'appelle Marie Valcourt. J'ai douze ans. Je suis née le 29 décembre 1872, je suis avec mon frère Adélard qui est né le 18 août 1875. Mon frère Donat est disparu depuis quelques jours. Il allait rejoindre un nouvel ami. Je suis inquiète, l'as-tu vu ? Donat a 8 ans. Il est né le 20 juillet 1877. »

— Il est né le 20 juillet comme Félix ! s'enflamme Camille. Exactement comme on pensait. On est sur la bonne piste. Ils doivent nous expliquer quoi faire pour la cérémonie.

Mais Camille n'a même pas le temps d'écrire que Marie la bombarde de questions que le téléphone transforme en textos. « Pourquoi maman est restée à Saint-Hugues ? Pourquoi le docteur ne vient plus à la maison ? Où est papa ? Est-ce qu'il est avec Donat ? »

— Ils ne se rendent vraiment pas compte qu'ils sont des fantômes morts il y a 130 ans, constate Camille.

— Ils croient qu'on est dans leur monde et qu'on connaît leur père, se désole Georges. Ça va être plus compliqué qu'on ne le pensait…

« Je ne connais pas ton père, tape Camille. Je veux sauver mon frère Félix ».

— Comment leur dire qu'ils sont des fantômes ? s'interroge Camille en se tournant vers Georges. Ils vont capoter ou nous prendre pour des fous.

Mais avant que Georges ne réponde, le texto suivant apparaît : « Qui est Félix ? ».

— Bon, on va y aller graduellement, dit Georges. Explique-leur que Félix est ton frère de 9 ans et qu'il est malade. Qu'il a la variole.

Camille obtempère. « Nous aussi on est malades » répond Marie. « Tous les enfants sont malades ici, à Saint-Jean-Baptiste. Papa dit que ce sont les Anglais qui veulent nous empoisonner avec leurs vaccins, mais que maman va venir nous soigner bientôt. »

— Ça fait deux fois qu'ils parlent de leur mère, remarque Georges. Demande-leur où elle est.

« Ça fait un an qu'on est à Montréal, écrit Marie. Maman est restée à Saint-Hugues. Mais elle s'en vient. »

Interloquée, Camille tape : « Pourquoi elle n'est pas venue avec vous ? Comment elle s'appelle ? ».

— Pourquoi tu leur demandes ça ? s'étonne Georges. C'est pas ça qui va nous aider pour la cérémonie !

— Ce n'est quand même pas tous les morts de la variole qui hantent les greniers, sinon Montréal serait *full* fantômes ! Il faut qu'on comprenne pourquoi, EUX, ils sont devenus fantômes. Il y a sûrement un lien avec leur mère ?

« Elle s'appelle Joséphine Valcourt » répond Marie. « Papa dit qu'elle est malade, qu'elle se soigne à Saint-Hugues, mais qu'elle va venir nous rejoindre bientôt.

— Bon, Georges, va donc voir ce que tu peux trouver sur une Joséphine Valcourt de

Saint-Hugues, commande Camille. Moi, je vais continuer à l'interroger pour trouver d'autres pistes.

— Tout de suite, mon caporal !

Georges descend dans le salon et s'installe à l'ordinateur du père de Camille. Il avait déjà fait des recherches sur des Valcourt morts de la variole, sans grand succès. Maintenant qu'il sait qu'ils viennent de Saint-Hugues, il n'a pas de difficulté à trouver des informations sur Internet.

— Je l'ai ! « Joséphine Valcourt 1851-1884 »

Emballé, il remonte d'un bond au grenier et annonce à Camille :

— La seule Joséphine Valcourt de Saint-Hugues est morte en 1884.

— En tout cas, je n'arrive pas à leur tirer les vers du nez. Marie reparle toujours de Donat et de leur mère ! On n'arrivera pas à sauver Félix si on leur cache tout. Il faut commencer par leur dire que leur mère est morte.

— T'es virée sur le capot ! s'inquiète Georges.

— Je te rappelle qu'il ne nous reste que quelques heures ! Il faut ce qu'il faut.

Camille tape « La seule Joséphine Valcourt qui vient de Saint-Hugues est morte en 1884, au village. » En un instant, un texto apparaît : « Ma mère n'est pas morte ! »

Georges s'empare du clavier et demande :

« Êtes-vous morts de la variole en 1885 ? »

Il appuie sur le bouton « Envoyer » et se rend compte qu'il vient de faire une grave erreur.

Aucune réponse. Silence radio.

— T'as pété leur bulle, Georges ! s'emporte Camille. Ils ne savent pas qu'ils sont morts. Tu réagirais comment, toi, si on t'annonçait que tu es mort ?

— Tu viens de dire qu'on peut pas tout leur cacher, proteste Georges, penaud. Il faut ce qu'il faut, comme tu dis !

Soudainement, tous les objets de la pièce sont projetés de part et d'autre. Sambuca reçoit une bille en pleine gueule. Sonné, il longe péniblement le mur et déboule les escaliers. Le téléphone s'éteint d'un coup. Camille et Georges sont terrifiés.

Ils redescendent. Camille serre le coffret contre sa poitrine. Georges caresse et console Sambuca qui a encore le poil dressé sur le dos.

Le boucan provenant du grenier s'amplifie. Camille est ébranlée :

— On va sortir d'ici. Ils me foutent la chienne ! On est allés trop loin. Ils ne voudront sûrement jamais faire la cérémonie.

— Ça regarde mal, j'avoue, renchérit Georges.

— C'est foutu, constate Camille au bord des larmes. Partons vite avant qu'ils ne nous fassent du mal. Qu'est-ce qui les empêche de quitter le grenier ? Si on part avec le coffret, est-ce qu'ils vont nous suivre ?

— À mon avis, ils sont prisonniers du grenier. Allez ! Dépêche-toi et apporte le coffret !

Ils se ruent vers la porte avant, mais celle-ci s'ouvre devant eux ! C'est Paul ! Il fonce vers Camille et tente de lui arracher le coffret avec ses grosses mains rugueuses. La jeune fille s'y agrippe de toutes ses forces, mais sent qu'elle ne tiendra pas longtemps. Un sourire se dessine sur le visage du vieillard… jusqu'à ce que Georges lui décoche tout un coup de pied qui le propulse par terre, sonné. Georges s'impressionne lui-même.

Sambuca profite de l'inertie de Paul pour fouiller dans la poche de sa vieille veste défraîchie. Il en ressort avec une figurine de super héros appartenant à Félix. Il se pavane avec l'objet dans sa gueule et retourne fièrement dans le sac à dos de Georges.

Tout un nez, ce rat, s'étonne Georges. *Il a senti l'odeur de Félix sur cette figurine malgré la puanteur de ce vieux croulant.*

Paul gémit en revenant à lui peu à peu. Il tente de se relever, mais sans succès. La rage raidit son visage et ses veines veulent lui transpercer la peau. Il brandit le poing et les menace :

— Votre temps est compté, mais vous le savez pas encore ! Vous l'apprendrez à vos dépens dans le temps de le dire !

Terrorisés, Camille et Georges foncent vers la porte arrière et filent vers la ruelle.

Chapitre 33

Affolés, ils courent à perdre haleine. Ils passent d'une ruelle à l'autre et changent de direction à de multiples reprises afin de semer le vieux Paul. À bout de souffle, Camille se retourne. Personne. Elle cesse de courir, n'en pouvant plus. Elle voit, plus loin dans la ruelle, une ribambelle d'enfants qui s'amusent à grimper dans les arbres. Elle aimerait bien partager leur insouciance.

— On n'a nulle part où aller ! parvient-elle à baragouiner entre deux halètements. Chez toi, comme chez moi, on est en danger à cause de Paul. On ne va quand même pas aller voir la police ! On ne peut sûrement pas leur parler de nos histoires de fantômes !

— Une chance que tu as toujours le coffret ! déclare Georges. Pourquoi il le veut ? C'est lui qui contrôle les fantômes ou quoi ? Je ne comprends pas.

— Moi non plus. Je ne sais plus quoi faire ! On est dimanche, on ne peut pas aller à l'école. Mes parents, oublie ça. Je vais appeler Lara. Tant pis si elle dort encore ! Si au moins elle m'avait dit pourquoi Paul est dangereux et surtout quoi faire si on tombe nez à nez avec lui.

Georges tente de faire redémarrer son téléphone. Le bidule prend une éternité à se remettre en marche.

— Ce n'est pas normal, dit-il, agacé. Pourvu qu'il ne soit pas *kaput* ! Bon ! Enfin, il se rallume. Bizarre, l'application de mes parents s'est rouverte automatiquement !

Il tend son téléphone à Camille. Elle relit les dernières phrases échangées et est parcourue d'un frisson. « Êtes-vous morts de la variole en 1885 ? ». Elle ferme l'application et compose le numéro de Lara.

— Lara ? C'est Camille. Je suis en danger, je ne peux pas retourner chez moi. C'est Paul, le vieux voisin, je n'ai pas le temps de t'expliquer, mais je dois…

Elle ne peut terminer sa phrase, car Georges la tire vigoureusement en arrière. Elle se retrouve derrière un arbre, collée contre lui. Il lui fait signe de se taire et montre du doigt l'extrémité de la ruelle. Entre deux branches, elle aperçoit Paul. Pourvu que le vieil homme ne vienne pas dans leur direction. Elle entend la voix de Lara au téléphone :

— Camille, écoute-moi ! Ce type est un sorcier ! J'ai eu affaire à un homme comme lui dans mon village en République tchèque, quand j'avais ton âge. Il contrôle les fantômes. Il est VRAIMENT dangereux. Venez chez moi tout de suite.

Camille voit Paul qui scrute la ruelle et s'approche. Elle raccroche en panique. Elle sent une goutte de sueur qui lui coule sur le front, elle tremble et retient son souffle. Paul passe sans les voir devant l'arbre derrière lequel ils se sont cachés, et poursuit son chemin.

Ils sont sauvés… Pour l'instant.

Chapitre 34

Sur la rue Sherbrooke, ils rattrapent de justesse l'autobus et s'y engouffrent. Les passagers les regardent d'un drôle d'air comme si le dimanche matin on n'avait pas le droit de courir après l'autobus pour ne pas le manquer ! Ils trouvent probablement étrange de voir Georges trembler comme une feuille. Les deux rescapés prennent place à l'arrière. Camille utilise le téléphone de Georges pour appeler son père dans la chambre de Félix :

— Papa, écoute-moi sans m'interrompre. Félix a la variole. Je sais que c'est dur à croire, mais tu dois absolument le dire aux médecins. Absolument ! D'ailleurs, il va comment Félix ?

— Euh… tu dois vraiment venir nous rejoindre, dit Martin.

— Non, là, il faut que j'aille chez Lara. On est sur une piste. Va parler aux médecins, ça urge !

Elle raccroche pour éviter toute question. Georges la rassure en lui disant qu'il a un numéro privé et que son père ne peut donc pas la rappeler. Elle regarde par la fenêtre, impatiente de voir Lara.

Chapitre 35

Camille et Georges descendent de l'autobus et se dirigent vers les anciennes usines Angus où réside Lara. Georges, fidèle à ses habitudes, ne peut s'empêcher de faire un exposé :

— C'est drôle, il y a déjà eu un hôpital pour varioleux ici, à la fin du XIXe siècle. En fait, il a été inauguré en 1886, mais le pire c'est qu'il n'y a pas eu d'autre épidémie après celle de 1885 !

— Hé, l'encyclopédie sur pattes, ce n'est pas le temps ! maugrée Camille.

Ils tournent sur la rue William-Tremblay et aperçoivent Lara, devant l'entrée de l'usine, qui s'élance vers eux dès qu'elle les voit. Sans dire un mot, elle serre Camille dans ses bras, émue et soulagée. La jeune fille, d'abord réticente, se laisse finalement aller.

Lara, qui l'a gardée depuis l'âge de 7 ans, était pour elle une grande sœur. L'ancienne étudiante de son père était sa confidente à qui elle révélait tous ses états d'âme et même la plupart de ses secrets. Le moins que l'on puisse dire, c'est que les confidences étaient unilatérales ! Depuis combien de temps Lara et son père… ? Sa mère le savait-elle ou tout ça se passait dans son dos ? Camille frémit.

— Tu trembles ? note Lara. C'est beaucoup d'émotions, tout ça ! Venez chez moi.

Ils la suivent à l'intérieur des anciennes usines maintenant transformées en bureaux et en condos de luxe. Georges a vraiment envie de leur parler de l'histoire de ces lieux où, au début du siècle, des milliers d'ouvriers produisaient des tonnes de matériaux destinés à l'industrie ferroviaire. Il se retient pourtant en songeant que Camille lui arracherait assurément la langue à mains nues.

L'appartement de Lara est petit, mais décoré de quelques touches européennes discrètes qui lui confèrent une prestance sobre. Ses couleurs pâles agrandissent l'espace. Des tableaux abstraits aux couleurs sable et terre ornent les murs et créent une ambiance zen. Les jeunes s'assoient dans le canapé du salon tandis que leur hôte prépare du thé au jasmin. Camille ne parvient pas à se détendre, car elle pense à la cérémonie qu'il faudrait organiser ce soir pour sauver Félix. Avec l'impair qu'a commis Georges, tout semble perdu. Sauf si Lara sort un lapin de son chapeau.

— Vous avez compris que, pour guérir votre frère, il faut libérer les fantômes ? leur demande Lara en versant le thé. Sinon, Félix va… enfin… Avez-vous trouvé de quoi ils sont morts ?

Camille est incapable de répondre. Sambuca frétille dans le sac de Georges et en sort, perturbé. Il hume le thé au jasmin et fait une grimace. Il aimait bien mieux l'odeur de celui du grand-père de Georges !

— De la variole, madame, intervient Georges. L'épidémie de 1885.

— La variole ! s'exclame Lara. Je pense que je comprends. Félix subit tous les effets de la maladie du fantôme, même si le virus n'est pas dans son sang. C'est le fantôme qui lui transmet la variole de façon… peu scientifique. Les médecins n'y comprennent évidemment rien. C'est au-delà de leurs compétences.

— Pour libérer les fantômes, il faut faire une cérémonie, mais les fantômes ne voudront pas, crache enfin Camille aux bords des larmes.

— Pourquoi ? interroge Lara en fronçant les sourcils.

Georges se charge de narrer les évènements de la journée sans oublier d'évoquer sa maladresse qui a grandement courroucé Marie. Comment renouer le contact à présent ?

— Quand j'avais votre âge, commence Lara d'un ton hésitant, euh… comprenez, je suis une scientifique comme ton père, et…

Son regard croise celui de Camille. Ça lui fait bizarre de parler de Martin à sa fille. *Il faudra bientôt s'expliquer à ce sujet*, se promet-elle, avant de poursuivre :

— Ce que je veux dire c'est que j'ai essayé d'oublier tous ces évènements dont j'ai été témoin… parce que je ne pouvais pas me les expliquer de façon rationnelle. Mais j'avais tout noté dans mon journal intime que j'ai relu de long en large pour la première fois depuis que c'est arrivé. C'était bouleversant. Ça s'est passé dans mon village. J'ai vu des choses… des enfants fantômes, moi aussi… j'y repense et j'en ai la chair de poule. C'est ma tante qui a réglé le problème avec l'aide des anciens du village. Elle ne m'avait pas tout expliqué à l'époque. C'était un voisin qui contrôlait ces fantômes.

— Comme Paul ? s'étonne Georges. C'est vraiment lui qui contrôle nos fantômes ?

— C'est possible. En tout cas, Karel, notre voisin à nous, était un sorcier. Ma tante m'a expliqué ça quand je l'ai eue au téléphone. Il se servait des fantômes pour augmenter ses pouvoirs. C'est pour ça qu'il les tenait prisonniers.

— Est-ce que ça veut dire qu'il faut vaincre le sorcier pour libérer les fantômes ? demande Camille.

— Possiblement, hésite Lara, mais les personnes âgées de mon village ne sont plus là pour nous guider. Ma tante m'a envoyée à New York, j'y ai rencontré un vieil homme de mon pays qui s'y connaît en la matière. Il m'a donné toutes sortes d'objets et des conseils. Il n'avait pas l'air d'avoir toute sa tête, par contre. À 85 ans, vous comprenez... Camille, j'aimerais te dire que je sais exactement ce qu'il faut faire, mais en réalité j'avance au radar.

— Les fantômes vont sûrement nous aider à nous débarrasser du sorcier, avance Georges.

— Il ne savent probablement même pas qu'un sorcier les contrôle, Georges, et c'est clair qu'avec ta gaffe Marie ne voudra plus jamais nous parler ! s'emporte Camille.

— Il faut essayer à tout prix, s'exclame Lara. Ils sont liés à un objet dont nous avons besoin pour entrer en contact avec eux. C'est toujours comme ça avec les fantômes. Avez-vous trouvé lequel ?

— Ce coffret-là, lance Camille en sortant l'objet du sac à dos de Georges. Mais les fantômes apparaissent uniquement dans mon grenier, non ?

— Ils sont sans doute morts au grenier, suggère Lara, mais ils peuvent peut-être le quitter en suivant le coffret.

— Je comprends ! s'emballe Georges. Tant qu'ils ne savent pas qu'ils sont morts, ils revivent éternellement la dernière journée qu'ils ont passée au grenier. Ils n'imaginent même pas qu'ils peuvent en sortir. Donc, maintenant qu'ils savent qu'ils sont morts, on peut leur parler n'importe où. Tu vois, Camille, j'ai bien fait d'avoir tout révélé !

— Ouais, on va dire... admet Camille. S'ils n'ont pas encore accepté leur mort, ça ne marchera pas. Mais essayons quand même. Qu'est-ce qu'on attend ? Sors ton téléphone ! Dépêche-toi d'écrire à Marie !

— Minute ! s'écrie Lara, effrayée. Pas ici ! S'ils voient la télévision et l'ordinateur, ils vont capoter, comme tu dis ! On n'est pas certains qu'ils peuvent sortir du grenier et encore moins qu'ils peuvent voir notre réalité. Mais on ne prendra pas de risque, mieux vaut aller dans un endroit qu'ils connaissent. Un endroit rassurant.

— L'église Saint-Jean-Baptiste ! s'écrie Georges. C'est à côté de chez nous. Elle a été construite à cette époque. C'est certain que Marie et ses frères devaient y aller tous les dimanches, comme tout bon Canadien-Français de ce temps-là.

— Bonne idée ! crie Lara, enthousiaste, en se levant. Il est 15 heures, il n'y a pas une minute à perdre. Il faut sauver ton frère aujourd'hui ! Venez vite !

— Euh... tergiverse Camille. On retourne vraiment dans les parages de chez Paul ?

— Ils connaissent sûrement cette église-là, comme dit Georges. De plus, il vaut peut-être mieux rester proche du grenier, ça augmente peut-être nos chances. En tout cas, c'est l'église la plus près de chez vous.

— As-tu vraiment un plan pour te débarrasser de Paul et convaincre Marie et ses frères de nous aider ? demande Camille, inquiète.

— Plus ou moins, admet Lara. Je vais emporter tous les objets que j'ai rapportés de New York dans mon sac et… on verra.

Camille réalise qu'il n'y a pas de plan B. Il faut y aller. Elle observe Lara qui saisit des contenants, des chandelles colorées et des papiers. Sur l'un d'eux, elle reconnaît l'étoile satanique. *Brrr… qu'est-ce que Lara m'a encore caché au sujet des sorciers ?* se demande-t-elle. *Est-ce qu'on ne s'attaque pas à un trop gros gibier ? Est-ce qu'on va mettre notre vie en danger pour sauver celle de Félix ?*

Lara prend Camille à part :

— Je voulais te dire… ta mère savait pour Martin et moi, ça fait juste quelques mois qu'on est vraiment ensemble. C'est elle qui ne voulait pas que vous soyez mis au courant… Avec le déménagement… la nouvelle école… pour pas que ça vous fasse trop de changements d'un coup. Elle pensait que c'était mieux pour vous. On a joué une horrible comédie. C'était peut-être une mauvaise idée, mais…

— Laisse faire, Lara. De toute façon, ma famille, je n'en ai rien à foutre !

Mais Camille pense soudainement à son frère et regrette aussitôt ses propos.

Chapitre 36

Georges et Camille montent à bord de la toute nouvelle voiture électrique de Lara, qui fait la fierté de sa propriétaire. Georges lui pose mille et une questions au sujet de l'approvisionnement en électricité, de l'autonomie, de la puissance du moteur, etc. *Comment fait-il pour s'intéresser à ces détails de geek dans un moment comme ça !* songe Camille, excédée.

Lara stationne enfin son auto devant l'église Saint-Jean-Baptiste. Georges ne peut s'empêcher de faire un exposé historique :

— Construite en 1875, l'église est plutôt carrée vue de l'extérieur parce que ses six colonnes immenses la rendent imposante et rappellent la Rome antique…

— Pfff ! Tu devrais t'acheter une calèche et faire le tour guidé de la ville au complet ! rétorque Camille.

Ils montent les escaliers et s'engouffrent dans le portail majestueux. L'intérieur n'a rien à voir avec les angles droits de l'extérieur. Les voûtes et les cercles sont à l'honneur. D'immenses lustres sont suspendus au centre de chacune des voûtes, ce qui inspire Georges :

— Les plafonds sont tellement hauts qu'ils touchent presque le paradis. Bon, je vais essayer de voir si on peut reprendre contact avec Marie.

Camille arrache presque le téléphone des mains de Georges et tape :

« Marie, je dois sauver mon frère Félix, il faut que tu m'aides ! Est-ce que Joséphine Valcourt, morte en 1884, est ta mère ? »

Camille et Georges attendent la réponse avec impatience. Après quelques secondes, qui paraissent une éternité, Marie répond finalement :

« Ma mère n'est pas morte ! Moi non plus, je ne suis pas morte. Menteurs ! »

Camille se sent étourdie. Elle lève les yeux et voit un petit garçon qui joue avec ses soldats de plomb en chantant une comptine sur le même air que celui de la boîte à musique. Il est vêtu d'habits d'un autre temps et il est coiffé d'une casquette comme dans les vieux films muets de Charlie Chaplin. *Ça doit être Adélard*, se dit Camille, *le frère de Marie. S'il a quitté le grenier, ça veut sûrement dire qu'il a ac-*

cepté l'idée qu'il est un fantôme. Elle se tourne vers Georges et Lara :

— Vous le voyez, en haut, là ? Proche de la peinture du paradis ?

— Euh, non, ma puce, murmure Lara. Qui ça ?

— Tu sais, les visions dont je t'ai parlé plus tôt. On dirait maintenant que ça se mélange avec la réalité.

Lara la scrute d'un regard inquiet. *Pourquoi Lara me regarde comme si j'étais aliénée ?* se demande Camille. *Qu'est-ce qui se passe avec moi ? Je n'ai plus seulement des visions dans ma tête, mais je vois les fantômes dans MA réalité. Est-ce que c'est Marie qui commence à s'emparer de moi, comme son frère Donat s'est emparé de Félix ?*

Elle sent la panique monter en elle. Sans trop savoir pourquoi, elle ouvre le coffret et prend la mèche de cheveux entre ses doigts.

« Vois-tu ces cheveux-là ? tape-telle. Ce sont ceux de Joséphine. Elle est morte ! Morte ! »

Un coup de vent venu de nulle part éteint les cierges de l'église. Lara, Georges et Camille sentent un frisson leur parcourir le dos.

Désemparée, Camille se recroqueville, serre le coffret contre elle et le caresse comme si ça pouvait réconforter Marie, comme si elle lui caressait ainsi les cheveux. Elle ressent sa douleur, elle comprend maintenant la crainte de perdre ses proches, elle pense à Félix et à

sa propre mère qui est maintenant loin d'elle.
Elle pleure. Le vent qui déferle dans l'église
se calme peu à peu, comme si Marie enten-
dait ses pensées, comme si le lien entre elles
s'était renforcé. À ce moment, Georges reçoit
un autre texto :

« Le coffret que vous avez est bien celui de
ma mère. Ce sont ses cheveux et ses bijoux qui
sont à l'intérieur. On dormait toujours à côté de
ce coffret et on le cachait dans une marche de
l'escalier chaque matin. Mon père nous disait
sans cesse que maman allait revenir… Quand
on a attrapé la variole, on a espéré jour et nuit
qu'elle arriverait pour s'occuper de nous. »

Marie semble enfin vidée de sa colère. Elle
rajoute :

« Si maman est morte dans un accident
avant qu'on déménage à Montréal, ça veut
dire que papa nous a toujours caché sa mort. »

Un long moment passe sans que Marie
n'écrive, comme si elle digérait le tout. Lara
en profite pour sécher les pleurs de Camille
et suggère :

— Laissez-lui le temps de cheminer. Il ne
faut surtout pas la bousculer.

— Sinon, ce ne sont pas les cierges qui vont
s'éteindre, mais la statue de la Sainte-Vierge
qui va prendre feu ! s'écrie Georges, effrayé.

— Mais si Marie est venue ici dans cette
église, si elle a quitté le grenier, ça veut quand

même dire qu'elle commence à comprendre, en déduit Lara. Il faut y aller doucement.

Après ce qui leur semble une éternité, Marie leur écrit enfin :

« Camille, penses-tu que Félix a attrapé la variole de Donat ? »

Camille répond à Marie :

« Je pense que Donat est en lui et qu'il faut libérer ton frère pour guérir le mien. En fait, nous voulons faire une cérémonie pour vous libérer tous les trois. »

Un nouveau texto apparaît :

« Camille, je vais te montrer. Ferme les yeux… »

Marie veut sûrement l'entraîner dans de nouvelles visions. Camille obtempère non sans appréhension, car ces expériences la secouent à chaque fois. Elle prend une grande inspiration et ferme les yeux.

En un clin d'œil, elle se retrouve dans un quartier ouvrier et pauvre de Montréal en 1885. *Des enfants canadiens-français courent et crient dans la ruelle, MA ruelle*, songe Camille, *mais qu'est-ce que c'était sale, il y a plein d'ordures entassées partout !* Elle reconnaît Donat et Adélard en train de jouer aux billes. Ils s'amusent bien et lui parlent comme si elle était Marie, ce qui ne la surprend plus. *Ils ne sont pas riches*, songe-t-elle, *mais leurs sourires révèlent qu'ils sont quand même heureux.*

Puis soudain, tout s'efface et elle voit, par la fenêtre, des chevaux qui tirent une carriole constituée d'une énorme boîte en bois sur roues avec, à l'arrière, une ouverture munie de barreaux. Sur les côtés de la boîte est inscrit en gros « Variole / *Smallpox* ». Un enfant, enfermé à l'intérieur, s'agrippe aux barreaux et pleure. Sa mère, accrochée à l'arrière de la voiture qui s'éloigne, braille de tout son être : « Libérez mon enfant, sinon vous serez maudits ! Libérez mon enfant ». Un policier l'empoigne et la dégage violemment du camion. La pauvre femme tombe par terre et gémit, serrant à deux mains le crucifix pendu à son cou.

Un homme au visage noirci par le charbon et vêtu en haillons vient aider la dame à se relever. Le sol est jonché de déchets et de crottin de cheval. Le décor disparaît à nouveau.

Camille reconnaît son grenier et voit Adélard et Donat alités. Elle entend au loin, comme venant de la rue, une voix qui profère des injures : « Maudit docteur anglais qui veut nous faire disparaître ! Vous allez tuer mes enfants avec vos vaccins contaminés par le diable ! Pensez-vous que je vais donner une journée de mon salaire pour payer votre damné vaccin ? Ça va juste vous enrichir et rendre mes enfants malades ! Que je ne vous voie plus ici. »

La vision s'estompe encore. Camille se trouve maintenant en plein cœur d'une énorme manifestation où des francophones scandent des slogans devant un journal anglophone nommé *Herald*. Camille est frappée par l'apparence misérable des manifestants. Leurs bouches édentées dévoilent parfois une ou deux dents pourries lorsqu'ils crient à gorge déployée.

Elle se tient à l'écart, entourée de Donat et d'Adélard. Un manifestant hurle à tue-tête : « C'est à cause de vous, les Anglais, que la variole contamine Montréal. Et vous nous accusez de la répandre ? C'est vous les fripouilles ! » Un contestataire lance une pierre vers une fenêtre de l'immeuble du journal. Le son du verre qui explose crée un effet d'entraînement. Les émeutiers jettent alors tout ce qui leur tombe sous la main en direction de l'immeuble et un fracas assourdissant de bris de vitre se fait entendre. La vision se dissipe.

Camille est de retour dans son grenier, alitée. Elle voit les deux frères de Marie dans les autres lits, en lutte contre la mort. Leurs corps sont recouverts de boutons, comme des lépreux. Adélard prend sa main et dit : « Marie, je vais mourir, j'ai peur ! ». Elle entend Marie répondre, comme si la voix sortait de sa propre bouche « Je t'aime Adélard, tout va bien aller, le petit Jésus prendra soin de toi ». Il émet un dernier geignement et sa tête tombe sur le côté, la mort au fond des yeux.

Le temps saute de façon étrange du jour à la nuit. C'est maintenant Donat qui va rendre l'âme dans un silence glacial. Le cœur de Camille bat la chamade. Elle sent qu'elle pourrait perdre connaissance. Assise, elle caresse les cheveux de Donat.

Elle entend alors la voix de Marie dans sa tête, comme hors du temps.

« Tu avais raison, Camille, nous sommes morts. La variole nous a emportés. Tout ça parce que mon père a refusé le vaccin. »

— Mon ami Georges m'a dit que tous les ouvriers canadiens-français ont agi comme vous. Ton père pensait que c'était mieux pour vous. Je sais, des fois on déteste tellement ses parents !

« Mais lui, en nous promettant que maman reviendrait, a fait de nous des fantômes, tu comprends ! Je veux qu'on sauve ton frère, Camille. Il n'y a rien de pire que de voir son frère mourir. »

— Il faut faire la cérémonie dont je t'ai parlé pour vous libérer. Es-tu d'accord ? As-tu une idée de comment procéder ?

« Il y a certaines choses que je sens, mais ce n'est pas clair. »

— Le grand-père de Georges et mon amie Lara, qui est à l'église avec moi en ce moment, en savent aussi un peu. Ensemble, on va y arriver !

Camille sent son souffle qui devient rauque. Elle a l'horrible sensation de revivre la mort de Marie. Elle a atrocement soif, elle ne parvient plus à respirer. Elle a l'impression de se liquéfier. Elle sait que se remémorer cet événement est capital pour la jeune Valcourt, mais quelle horrible sensation ! Un son d'outre-tombe sort de sa gorge.

Camille est frappée par une lumière éblouissante. Elle ferme les yeux. Elle se sent flotter à mille mètres au-dessus du sol et entend l'écho lointain de voix déformées qui s'éteignent bientôt.

Le silence l'emplit après ce qui lui semble être une éternité, elle rouvre enfin les yeux. Elle est étendue par terre, la tête sur les genoux de Lara. Les visions sont de plus en plus éprouvantes, comme si Marie et elle étaient chaque fois plus liées l'une à l'autre, à l'instar de leurs frères Félix et Donat.

— Ça fait combien de temps je suis comme ça ? demande-t-elle. Vous faites vraiment des têtes d'enterrement, là !

— Ta transe n'a jamais duré aussi longtemps, rétorque Georges, au moins vingt minutes ! Et les grimaces que tu faisais ! Pire que dans les films !

— Tu semblais flotter ! s'émeut Lara. Puis, d'un coup, tous tes muscles se sont relâchés. Une chance qu'on était là pour amortir ta chute. Tu es restée inconsciente et immobile un bon cinq minutes après ta vision. J'ai eu vraiment peur !

— « Camille, tu vas bien ? » lit Georges sur son téléphone.

— Dis à Marie que ça va et demande-lui ce qu'elle propose de faire pour la cérémonie, dicte Camille.

Georges se plie à sa demande et leur lit bientôt la réponse de Marie :

« Il faut aller à Saint-Hugues retrouver la tombe de ma mère. Mais avant, allez chez votre vieux voisin. Je vous dirai quoi faire une fois rendus chez lui. »

Camille s'empare du téléphone, fébrile, et tape :

« Tu le connais ? Est-ce que Paul est un sorcier qui vous contrôle et qui vous empêche de vous libérer ? »

— Elle ne savait pas qu'elle était un fantôme, objecte Georges. Elle ne peut donc pas savoir qui la contrôlait, *right ?* C'est toi même qui le disais !

— Justement, ça m'étonne qu'elle le connaisse, avance Camille. Peut-être qu'il a été capable de leur parler ?

— Le vieux Karel, lui, parlait à nos fantômes, se remémore Lara, mais je ne sais pas comment, sans doute par la sorcellerie. En tout cas, il faisait tout pour renforcer leur conviction qu'ils étaient toujours vivants et que nous étions des intrus dans leur maison !

— « Fais attention à ton voisin, lit Camille à voix haute, c'est un être maléfique et dangereux.»

Elle tape :

« Oui, je le sais, Lara pense que c'est un sorcier. Est-ce que c'est vrai ? »

Marie ne répond pas. Tous se regardent sans comprendre, l'air anxieux.

— En tout cas, on est prévenus, ronchonne Georges. Bon, bien, qu'est-ce qu'on attend ! Allons nous jeter dans la gueule du loup. Trempons-nous la tête dans l'eau bénite.

— J'espère surtout que les objets que j'ai rapportés de New York vont nous aider, bredouille Lara en grimaçant.

— Au pire, ironise Camille, Georges-le-punk nous protégera avec ses coups de pied de kung-fu spectaculaires !

Georges bombe le torse. Paul n'a qu'à bien se tenir !

Chapitre 37

À l'hôpital, Julie et Martin sont sur des charbons ardents. Les derniers jours ont été éprouvants et ils ont peu dormi. La fatigue et les heures passées dans cette chambre d'hôpital exiguë ont généré bien des escarmouches. Ils sont justement en train de se quereller lorsque deux médecins entrent dans la pièce, les traits tirés. La femme médecin leur dit timidement :

— Bonjour ! Les derniers tests que nous avons faits ne révèlent toujours aucune anomalie, comme si Félix était en pleine forme. Ni virus ni problème sanguin. Rien.

— J'ai fait des recherches de mon côté, annonce Martin, et les symptômes de Félix ressemblent étrangement à ceux de la variole. Je sais que cette maladie n'existe plus depuis longtemps, mais…

— Nous étions justement venus vous dire que nous envisageons désormais cette hypothèse, enchaîne le second médecin, très mal à l'aise. Il est tout à fait anormal que nous ne voyions pas le virus malgré tous les symptômes qui sont exactement ceux de la variole. Vous comprendrez que nous ne devons prendre aucun risque, car la variole ferait des ravages si elle refaisait surface.

— La variole ! lance Julie, terrifiée. Mon doux Jésus Joseph ! Qu'est-ce qui va arriver à mon fils ?

— Pour l'instant, nous devons isoler votre fils en chambre stérile, explique le médecin, et vous devrez vous-mêmes rester sous observation à l'hôpital. Nous allons surveiller attentivement l'apparition possible de tout symptôme : pustule ou vésicule sur votre corps, fièvre, étourdissements. Les infirmiers et médecins qui ont soigné votre fils sont aussi sous surveillance. Votre fille doit impérativement venir vous rejoindre ici pour les mêmes raisons.

— Je veux rester avec mon fils, s'écrie Julie, affolée.

— Bien sûr, rétorque la médecin. Mais comprenez que la situation est très grave. Nous devrons communiquer avec la Direction de la santé publique, car...

— Le problème, l'interrompt son collègue, c'est que tant qu'on ne voit pas de virus... enfin... c'est compliqué. Nous allons vous rejoindre dans la nouvelle chambre de votre fils plus tard, avec des directives plus précises.

Les médecins quittent la pièce tandis que trois infirmières entrent. Elles sont habillées en blanc de la tête au pied avec des costumes qui ressemblent à ceux des cosmonautes. On ne voit que leurs yeux derrière le plastique transparent de leurs casques. Elles s'affairent à mettre Félix sur une civière pour l'emmener vers la chambre stérile. En repartant, une infirmière fait un signe de la main pour leur signifier de la suivre.

Julie et Martin sont atterrés. Julie, la gorge nouée par l'émotion, réussit malgré tout à parler :

— Il faut faire revenir ma médium. C'est la seule qui peut sauver Félix. Des forces occultes sont en train de le tuer. Tu dois l'admettre ! Les médecins n'y comprennent rien, il n'y a même pas de virus. La science est impuissante dans des histoires comme ça.

— Laisse faire tes conneries ésotériques, rétorque violemment Martin. Ce n'est sûrement pas ta vieille gourou qui peut sauver Félix. Les poupées vaudous et le Saint-Esprit non plus. Il faut faire confiance aux médecins, on n'a pas le choix. On n'est pas dans un film ! Raisonne-toi un peu.

Julie part en courant dans le corridor, aveuglée par ses pleurs. Martin la rattrape :

— Désolé Julie, je me suis emporté. Je crains qu'on n'ait plus le droit d'aller où bon nous semble. On doit suivre Félix et les infirmières, après on appellera Camille pour lui dire de venir nous rejoindre.

Martin prend doucement Julie par le bras. Ils reviennent vers la civière de leur fils et se dirigent vers la nouvelle chambre de Félix. Il franchissent une première porte, un sas, puis une seconde porte. Ils retrouvent leur fils au milieu d'une pièce suréquipée où fourmillent les infirmières qui s'affairent à tout mettre en place pour éviter la contamination.

Chapitre 38

CAMILLE, LARA ET GEORGES PARVIENNENT À LA RUE NAPOLÉON OÙ HABITENT LES DEUX JEUNES ET LE VIEUX PAUL.

— Je me demande pourquoi Marie veut nous envoyer chez ce sorcier, maugrée la jeune fille. Et si c'était un piège ? Il la contrôle peut-être comme un pantin et il nous attend... ?

— Camille, il y a quelqu'un devant ta porte, s'exclame Georges. Mais, par chance, ce n'est pas Paul ! On dirait votre propriétaire.

C'est effectivement Jason, qui vient à leur rencontre dès qu'il les aperçoit. Il a l'air extrêmement préoccupé. Il les rejoint, et s'exclame :

— Camille, tous les évènements dont je t'ai parlé, tous ces vols de jouets... *You know*, ce n'était pas normal finalement !

— Je sais, répond la jeune fille.

— Je suis passé chez toi hier pour t'en parler, mais tu n'étais pas là... Ma grand-mère me racontait plein de choses, continue Jason, mais je ne t'en ai pas parlé, ça me semblait ridicule. Elle croyait au surnaturel... Eh bien, après ton départ, j'ai fouillé dans les archives de ma famille et j'ai trouvé des coupures de journaux de 1966 concernant l'enfant disparu. *My heart skipped a beat.* Regardez ça.

Il leur montre les articles en question. Sur une photographie, on reconnaît très bien la devanture de leur immeuble. Des policiers font la garde et des curieux se sont arrêtés pour contempler la scène. Jason sort une loupe et la place au-dessus d'un des passants. Camille y colle son œil et tressaille. Aucun doute : c'est Paul. Le plus étonnant, c'est qu'il semble aussi âgé qu'aujourd'hui, on dirait même qu'il porte les mêmes vêtements !

— Ça ne se peut pas ! s'écrie-t-elle.

— Je ne sais pas comment ça se peut, mais c'est bien Paul, s'étonne Jason. Il fallait que je vienne vous le dire. C'est sûrement lui qui a kidnappé la petite à l'époque ! Partons d'ici au plus vite. Allons au poste de police !

— Surtout pas ! intervient Lara. On contraire, on s'en va chez lui.

— *What ? You're out of your mind !* s'écrie Jason.

— Ça serait trop long à vous expliquer, Jason, lance Camille. C'est pour sauver Félix qu'on va chez Paul. On n'a pas le choix !

— Pour quoi faire ? demande Jason au comble de l'étonnement.

— Euh, bégaie Camille, c'est justement là qu'on était rendus.

Sous le regard de plus en plus perplexe de Jason, Camille saisit le téléphone et envoie un texto à Marie pour obtenir plus d'informations.

— Prenez Paul de force et emmenez-le à Saint-Hugues, lit Camille. Jason ! c'est clair, on va avoir besoin de vous !

— *Damned !* C'est de la folie votre affaire, s'objecte ce dernier. Je ne peux pas faire ça ! C'est absolument illégal et immoral.

— Écoutez, lui dit Camille au bord des larmes, si on ne fait pas ce qu'elle dit, Félix va mourir.

— Elle ? Qui ça, elle ? interroge Jason.

— Marie, le fantôme qui habite dans votre immeuble depuis 1885. Je vous expliquerai quand on aura le temps, s'impatiente Camille. Mais là, il faut agir au plus vite, on n'a pas le temps de niaiser.

— Jason, vous devez nous faire confiance, murmure Lara. Paul est un sorcier qui contrôle les fantômes pour nourrir ses pouvoirs. Et nous aurions vraiment besoin de votre aide… dès maintenant !

Jason fixe un à un ses trois interlocuteurs. Les sanglots de Camille l'émeuvent. N'est-ce pas un peu à cause de lui que Félix est au seuil de la mort ? S'il avait écouté sa grand-mère, aussi. En plus, il a dit à Camille que les vols, dans son immeuble, n'étaient d'aucune importance. Rongé par les remords, il se résigne :

— *Well...* O.K. Mais expliquez-moi votre histoire un peu mieux !

— Plus une seconde à perdre, s'impatiente Camille, il faut y aller.

D'un pas résolu, elle se dirige vers le logement de Paul, suivie de Georges et de Lara. Jason hésite une seconde puis leur emboîte le pas.

Chapitre 39

LA PORTE D'ENTRÉE DE CHEZ PAUL EST ENCORE DÉVERROUILLÉE. Le vieil homme ne craint visiblement personne. Le quatuor monte les marches silencieusement, Jason en tête. Le spectacle qui s'offre à eux les fait frémir. On dirait que Paul n'a plus toute sa tête depuis qu'il a perdu le coffret. De vieux jouets parsèment la pièce, entourés de chandelles. Au-dessus de l'autel entouré de photographies, une vieille robe est suspendue et une tête de poupée en sort par le col. D'innombrables fils et guirlandes relient le tout de façon insolite. Camille a la chair de poule en songeant à l'étoile satanique dans le sac de Lara. Tout ce dispositif évoque clairement des rituels maléfiques !

Elle sent un mouvement derrière elle et se liquéfie. Elle se retourne et aperçoit le visage de Paul, les traits tirés par la rage. Avant qu'elle n'ait le temps de réagir, le vieil homme lui arrache le coffret des mains. Elle ne peut plus respirer et encore moins crier, si bien que Paul parvient à se frayer un chemin vers la porte arrière avant même que les autres ne puissent réagir. Pour une fois, le vieux sorcier court étonnamment vite, comme s'il avait ingéré quelque potion magique.

Lara se lance à sa poursuite. La panique s'empare de Camille, un électrochoc lui traverse le corps. Sans le coffret, impossible de faire la cérémonie et de sauver Félix. Requinquée, elle dévale les marches de l'escalier arrière à la suite de Lara. Elle sent dans sa poche le téléphone de Georges qui vibre. Ça doit être Marie qui lui écrit. Rendue en bas des marches, elle sort le téléphone et lit : « BRÛLE LES JOUETS SUR L'AUTEL. ÇA VA AFFAIBLIR LE VIEUX ! »

Elle lève la tête et, constatant que Georges est à peine sorti de l'appartement, lui crie de brûler les objets sur l'autel comme l'a demandé Marie. Le jeune Sino-Québécois obtempère et rebrousse chemin. Quelle n'est pas sa surprise lorsqu'il aperçoit Sambuca en train de faire tomber les chandelles sur les jouets qui s'enflamment en dégageant une fumée noire et nauséabonde ! Georges ne s'était même pas rendu compte que le rat avait bondi hors de son sac à dos. Il est stupéfait lorsqu'il constate que les flammes n'ont aucun effet sur trois peluches disposées sur l'autel. Décontenancé, il les entasse dans son sac, prend Sambuca contre lui et fonce vers l'extérieur.

Lorsque Camille voit Paul se désarticuler, comme frappé par la foudre, et s'écrouler sur le sol en hurlant, elle devine que Georges est bien parvenu à remplir sa mission. Heureusement ! Car le vieil homme courait si vite aujourd'hui que, même Lara, qui a été championne universitaire d'athlétisme, ne pouvait suivre sa cadence.

Bien qu'elle ait vu beaucoup de choses paranormales ces derniers jours, Camille est néanmoins effrayée par Paul qui se relève difficilement, boite et ne peut plus enchaîner deux pas. On dirait même que sa consistance a changé, comme s'il devenait translucide. En quelques instants, Jason réussit à l'immobiliser, bientôt aidé par Georges qui lui attache les mains derrière le dos à l'aide de câbles d'ordinateurs qu'il a dénichés dans le fond de son sac à dos. Paul se débat en vain et beugle :

— Vous allez tous mourir, TOUS !

Camille a des sueurs froides. On ne connaît pas l'étendue des pouvoirs de ce vieux chaman, songe-t-elle. Peut-être leur a-t-il déjà lancé un sort ? Lara farfouille dans son sac, passant en revue les divers objets rapportés de New York, mais elle est incapable d'en choisir un qui pourrait servir à contrer cette menace.

Le téléphone de Georges vibre à nouveau dans la poche de Camille. C'est un texto de Marie.

— « Ne le croyez pas, c'est un menteur ! » lit-elle à voix haute, espérant ainsi rassurer tout le monde.

— La maladie va vous emporter ! vocifère encore le vieil homme. Et vous allez voir que…

Mais il n'a pas le temps de finir sa phrase que Georges rassemble son courage de Hulk-le-Punk et lui colle un gros bout de *duck tape* argenté sur la bouche. Toujours avoir du *duck tape* dans son sac, voilà sa devise !

— « Amenez-le à Saint-Hugues tout de suite », dit Camille en lisant le nouveau texto de Marie. « Amenez Félix aussi ».

Elle se tourne vers Lara :

— Il va falloir que tu convainques mon père. Bonne chance !

— Non, ma belle. Il vaut mieux que ce soit toi qui l'appelles. Le plus important dans la vie de Martin, ce sont ses enfants, tu sais.

— N'importe quoi ! rage Camille. Il se fiche de moi !

— Voyons ! répond Lara avec douceur. Pourquoi penses-tu qu'il a vécu une double vie ces derniers mois ? Pour le *fun* ? Jour après jour, il me disait que c'était mieux pour vous, que vous subissiez déjà beaucoup de bouleversements et qu'il fallait y aller sans vous brusquer.

— Eh bien, il était dans le champ !

— Ça, je le lui ai dit mille fois, crois-moi ! Mais laisse-moi te dire que s'il a enduré ce calvaire pendant tout ce temps, c'est parce qu'il vous aime vraiment, toi et ton frère !

Un silence gêné s'installe. Ce genre de situation donne toujours envie à Jason d'aller prendre une bière ailleurs.

— Bon, intervient-il. Il faut agir, *right now*.

Camille se décide finalement et compose le numéro de son père

— Papa ?

— Camille, enfin ! Je te cherchais partout ! T'étais où ?

— Tu as juste à me donner un cellulaire si tu veux me joindre facilement ! Je t'appelle du téléphone de Georges.

— Il faut que je te…

— Tu dois absolument m'écouter, l'interrompt-elle.

— Je ne peux pas te parler, je suis en discussion avec les médecins. Tu dois impérativement venir nous rejoindre ici.

— Écoute-moi deux minutes ! Il faut amener Félix à Saint-Hugues sinon il va mourir.

— QUOI ? Où ça ? C'est quoi ce délire ?

— Papa, si tu m'aimes, tu dois me croire. Félix est habité par le fantôme de Donat Valcourt, mort de la variole en 1885 dans NOTRE appartement. C'est fou, mais c'est vrai…

— Ah non ! Pas toi aussi !

— C'est pour ça que la médecine ne peut rien pour lui. Je te répète : il faut l'amener à Saint-Hugues pour lui sauver la vie… Tout de suite !

— Écoute-moi, Félix est en quarantaine dans une section isolée de l'hôpital et c'est impossible de le sortir de là, parce qu'il a la variole… Tu comprends ?

— Je te l'avais dit, ça ! Tu me crois, maintenant ?

Silence au bout du fil.

— Écoute, ma belle, commence Martin d'un ton apaisé, je t'aime, mais là, il faut que tu viennes nous rejoindre…

Camille raccroche et se renfrogne.

— Prenez la voiture de Jason, dit Lara, et amenez Paul à Saint-Hugues. Je vais aller à l'hôpital et tout faire pour convaincre Martin de ramener ton frère. Allez, dépêchez-vous !

Le groupe se dirige vers l'issue de la ruelle pour atteindre la rue. Jason porte Paul sur son dos, ce qui n'est pas aisé puisque le vieil homme se débat de toutes les maigres forces qui lui restent. Alors que Lara s'apprête à partir, Sambuca s'élance hors du sac de Georges pour plonger dans celui de Lara ! Celle-ci fait un bond en arrière, dégoûtée. Georges tente de la rassurer :

— Si Sambuca veut partir avec toi, c'est qu'il peut t'aider. Cet animal est incroyable, on dirait qu'il comprend tout… et bien mieux que nous ! Amène-le à Sainte-Justine… discrètement, bien sûr.

Lara affiche une moue de dégoût, mais elle se résigne à cette compagnie inusitée. *Pourvu qu'il ne saccage pas tout le contenu de mon sac,* songe-t-elle en arrivant à sa voiture.

Chapitre 40

Jason a programmé son GPS pour qu'il le mène à Saint-Hugues, mais il parvient difficilement à entendre la voix automatisée de son bidule dernier cri. En effet, sur la banquette arrière, Georges et Camille hurlent en tentant de neutraliser Paul qui remue et geint sans cesse. Le jeune Sino-Québécois exécute enfin une prise de judo qui immobilise le vieux sorcier. Georges devra-t-il rester dans cette position plus qu'inconfortable pendant toute l'heure que durera le trajet ?

Camille se colle contre la portière pour s'éloigner le plus possible de ce vieux dégoûtant. *Peut-être même qu'il peut jeter des sorts sans bouger*, s'inquiète-t-elle. Le téléphone de Georges vibre dans sa poche. La jeune fille se contorsionne pour l'extraire de son pantalon. C'est un message de Marie. Elle le lit et devient blême.

— Ça va, Camille ? demande Jason qui épiait la jeune fille par le rétroviseur. Tu es blanche. C'était quoi ce texto ?

— Marie t'a écrit ? halète Georges qui ne peut voir le visage de Camille, trop affairé à contenir Paul.

— Euh non, je vérifiais seulement si elle m'avait envoyé un nouveau message, ment-elle.

Jason fronce les sourcils, pressentant que Camille cache quelque chose.

— Bon, pendant qu'on est en voiture vous avez le temps de m'expliquer votre histoire en détail. C'est qui Marie ? *My God* ! Ce vieux fait tout un vacarme !

— Je devrais peut-être l'assommer ? interroge Georges.

— *Take the exit for Highway 20 on your right*, intervient la charmante voix automatisée du GPS.

— *Damn*, j'ai failli la rater ! s'emporte Jason en donnant un coup de volant qui fait crisser les pneus. *God damned GPS*, toujours *last minute*. Bon, qui commence ? Camille ou Georges ? Je veux tout savoir.

Malgré l'inconfort que lui procure sa position, Georges se met à raconter leur histoire. Ce bavard invétéré se grise de ses propres paroles. *Quelle pie !* se dit Camille. Elle ferme les yeux et se cale la tête contre la fenêtre. Elle songe au texto qu'elle vient de lire. Elle est troublée.

Elle plonge soudainement dans une vision.

Elle reconnaît le village qu'elle a vu dans une vision précédente... une maison en bois, une femme vêtue d'une grande robe et coiffée d'un bonnet. C'est certainement Joséphine dans le village de Saint-Hugues avant que la famille Valcourt ne parte pour Montréal. Une calèche passe devant la maison, traînée par deux petits chevaux. Camille les avait décrits à Georges qui lui avait expliqué que ces bêtes, nommées chevaux de fer, étaient les ancêtres des mustangs américains. Ils étaient fréquemment utilisés à l'époque parce qu'ils étaient très robustes et ne coûtaient presque rien à nourrir vu leur petite taille. Joséphine sonne la cloche pour annoncer que le repas est prêt. Camille voit Adélard et Donat qui surgissent du champ de blé derrière la maison et accourent. Elle aussi court vers la maison, joyeuse. Elle entend la voix de Marie dans sa tête : « Courage Camille ! on va le sauver ton frère ! Mais tu devras faire tout ce que je te dis. »

C'est bien ça le problème, s'effraie Camille en songeant au dernier texto de Marie.

Chapitre 41

LARA ARRIVE FINALEMENT À L'HÔPITAL. Elle sillonne les corridors au pas de course et déniche la chambre stérile. Martin la voit gesticuler derrière la vitre et vient la rejoindre avec Julie. Lara résume ce qui vient de se passer et insiste sur l'importance d'amener Félix à Saint-Hugues. Julie arbore un sourire en coin, constatant que Lara croit elle aussi au surnaturel. Martin s'emporte :

— C'est quoi cette histoire ? Vous vivez toutes les deux dans un film d'*Harry Potter* ou quoi ? Ça n'existe pas les fantômes ! Allô ? On ne vous a pas expliqué ça quand vous étiez jeunes ?

— Je sais que tu ne crois pas à ces trucs-là, tempère Lara pour calmer Martin, mais c'est la seule option. Crois-moi, les fantômes existent bel et bien et ils habitent chez toi depuis plus de cent ans ! Il faut sortir Félix d'ici ou bien il va…

Sambuca se jette hors de son sac, s'élance comme un lièvre poursuivi par un renard et passe entre les jambes du gardien. Le gaillard se lance à la poursuite du rongeur qui file à toute allure dans le corridor. Julie réagit promptement :

— Martin ! Vite ! rattrape Sambuca. Si c'est le gardien qui le fait avant toi, il va être réduit en bouillie pour chat ! Félix va capoter !

Sans hésiter, Martin part comme une flèche. Julie fait un clin d'œil à Lara :

— Aide-moi, on va libérer Félix, lui enlever sa jaquette d'hôpital et lui enfiler ses vêtements.

Les deux femmes s'exécutent en deux temps, trois mouvements. Julie coiffe Félix avec sa casquette des Canadiens et le cale dans une chaise roulante.

— Suis-moi Lara, plus jeune, j'ai fait un stage dans cet hôpital et je connais une sortie réservée au personnel qui mène directement au stationnement. Il y a moins de chances d'être interceptés.

Julie et Lara courent en poussant la chaise roulante et tournent abruptement dans un corridor, à leur droite. Félix, inconscient, manque de tomber de la chaise. Lara l'attache au dossier avec son foulard de soie. C'est à ce moment qu'on entend hurler :

— Revenez tout de suite ! Vous n'avez pas le droit. Ce patient doit rester à l'hôpital. Je vais avertir la police !

Le gardien est de retour ! Il les a repérés. Malgré son embonpoint, il galope plus vite qu'un cheval de course. Il a presque rejoint les deux femmes qui n'osent pas aller trop vite avec Félix en chaise roulante. Lara fouille dans son sac à main tout en poursuivant sa course. Elle en sort un flacon d'huile d'Argan, rapporté de son voyage à New York, se retourne et le lance par terre. Le flacon se fracasse et répand son huile sur le plancher. Le gardien patine et glisse sur le sol en proférant une belle brochette de jurons. Julie a le réflexe saugrenu de boucher les oreilles de son fils !

Les deux femmes se déplacent à vive allure dans l'hôpital, menées par Julie qui espère ne pas se tromper de chemin. Ça fait quand même des années qu'elle n'a pas emprunté cette sortie. Elles bifurquent dans un autre corridor, montent dans un ascenseur réservé au personnel, puis prennent la première porte à leur droite. Les voilà dans le stationnement des visiteurs.

Arrivées à l'auto de Lara, elles installent Félix sur le banc arrière, plient la chaise roulante, la mettent dans le coffre et partent en trombe. Lara regarde dans le rétroviseur et voit trois gardiens courir derrière la voiture en aboyant d'inaudibles menaces. Elle inspecte les alentours, craignant d'être prise en chasse par la police.

— Petit Jésus de plâtre ! On a semé les gros chiens de garde ! soupire Julie.

Alors qu'elles prennent la bretelle menant à l'autoroute Décarie, Julie allume son téléphone et appelle Martin qui répond, hors de lui :

— Torrieu ! Vous m'avez passé tout un sapin ! Jamais je n'aurais pensé que Lara et toi vous ligueriez contre moi. Attendez qu'on se parle dans le blanc des yeux !

Avant que Julie n'ait le temps de répliquer, Félix se réveille et hurle de toutes ses forces :

— Marie, je veux voir maman, j'ai mal partout ! Je veux voir maman !

Julie est toujours aussi ébranlée en entendant cela, mais elle sait désormais que ce n'est pas vraiment SON Félix qui profère ces paroles, mais un petit Valcourt qui dérive sur un océan invisible et intemporel.

— Écoute bien Martin, s'écrie Julie, saute dans ton auto et débrouille-toi pour te rendre au cimetière de Saint-Hugues. On y sera dans environ une heure. Fais-le pour ton fils !

Martin rugit dans le récepteur. Julie ne peut le calmer et se résigne à lui raccrocher au nez.

Lara pose sa main sur le bras de Julie, solidaire.

Chapitre 42

Jason est estomaqué par l'histoire que Georges vient de lui raconter. Normalement, il aurait éclaté de rire et l'aurait traité de cinglé, mais aujourd'hui il les croit dur comme fer. Impressionné par la détermination de ces jeunes, il se jure de tout faire pour les aider à sauver Félix.

Durant le trajet, Paul n'a jamais cessé de gigoter. Georges et Camille, qui l'ont retenu pendant près d'une heure, sont épuisés.

Sur la route 224, des plaines s'étendent à perte de vue jusqu'à leur arrivée à Saint-Hugues. Au centre du village, plusieurs belles maisons ancestrales se dressent fièrement, certaines en bois, d'autres en briques et en pierres. Jason, obéissant aux injonctions de son GPS, tourne à gauche sur la rue Saint-Germain et gare sa voiture dans le stationnement du cimetière.

Paul s'agite de plus belle et devient presque incontrôlable. Georges est à bout de force. Comment se rendre jusqu'à la tombe de Joséphine dans ces conditions ? Jason prend le vieil homme à bras le corps tandis que les deux jeunes tentent de saisir ses jambes, mais se font plutôt asperger de coups qui les envoient valser au loin. Paul parvient à se libérer de l'étreinte de Jason et tente de s'enfuir. Mais il a les pieds liés et saute comme une grenouille unijambiste. Georges le rattrape et lui fait une jambette. Paul culbute, sa tête heurte un arbre violemment et il s'effondre sur le sol, assommé. Jason ne peut s'empêcher de ricaner :

— Bien fait pour lui ! *My God !* Je ne devrais pas rire en voyant quelqu'un se faire mal, ce n'est pas un bon exemple pour vous, mais ça fait tellement du bien de ne plus l'entendre chialer !

— Ça va ! tonne Camille, c'est comme dans les films quand le méchant prend une volée, on est tellement content !

Elle se met en marche pour trouver la tombe de Joséphine, suivie de Jason et de Georges qui traînent le vieil homme inconscient. La pénombre naissante enveloppe le cimetière de son voile nocturne. Armés de leur pelle et traînant un homme ligoté, ils ont l'impression d'être les bandits dans un film de mafiosi. Camille regarde autour d'elle et s'exclame :

— Regardez ici, les tombes sont bien plus vieilles : 1892, 1876, 1854, on est dans le bon secteur !

Ils déambulent dans les allées et passent sous des arbres centenaires dont les feuilles commencent déjà à jaunir et à rougir. Ils déchiffrent les dates et les noms gravés sur les pierres tombales à la recherche de celle de la mère de Marie. Au bout d'une allée, Camille s'écrie :

— C'est ici ! « Joséphine Valcourt, 1851-1884 »

Elle saisit le téléphone de Georges et écrit à Marie. « C'est la tombe de ta mère, Marie. Même moi, ça me rend triste, alors j'imagine pour toi ! »

Marie ne répond pas. Elle se recueille probablement, songe Camille. Le téléphone vibre enfin, mais ce n'est pas Marie qui écrit, c'est un texto... en chinois ! Elle tend l'engin à Georges :

— Ça doit sûrement être ton grand-père !

— Impossible ! rétorque Georges. Il ne sait pas comment ça marche. Ben, j'en reviens pas, c'est lui ! C'est bien la première fois qu'il... de quel téléphone il m'envoie ça, lui ?

— Qu'est-ce qu'il écrit ? s'impatiente Camille.

— C'est ce soir le 15e jour du 7e mois lunaire, traduit lentement Georges. Bon ça, on le savait. Il dit aussi que c'est à minuit pile que les fantômes pourront partir. Il faut faire tout ce qu'ils nous demandent.

— Plus facile à faire qu'à dire ! lance Camille en grimaçant.

— Comment ça ? demande Georges, perplexe.

— Retourne dans le logiciel de tes parents et lit le dernier texto de Marie.

— « Une fois à Saint-Hugues, vous devez trouver la tombe de ma mère », déchiffre Georges. « Vous creuserez un trou à côté... je vous expliquerai plus tard ».

— Elle veut enterrer Paul vivant ! J'en suis certaine ! Elle lui en veut à mort !

— *Come on !* s'esclaffe Jason. Elle ne nous demandera sûrement pas ça ! *Simply impossible !*

— Attendez, elle nous écrit encore, là, murmure Georges en s'apprêtant à lire : « Vous devrez faire exactement tout ce que je dis ou Félix meurt ce soir, à minuit. Pas d'autres choix ! »

Camille et Georges se regardent, interloqués. Ils ont un mauvais pressentiment. Ils se sentent pris au piège.

Chapitre 43

— ENFIN, ON EST ARRIVÉES AU CIMETIÈRE, SOUPIRE LARA. J'espère que la batterie de ma voiture sera suffisamment chargée pour nous ramener !

— Brrr, un cimetière dans le noir, c'est comme un vrai film de zombies ! frissonne Julie. Mon pauvre petit Félix. Regarde-le, il est blanc comme un drap, il est vraiment au bout du rouleau. J'espère qu'on a fait le bon choix en l'emmenant ici…

Julie détache la ceinture de Félix et le sort de l'auto. Lara extirpe le fauteuil roulant du coffre pour y installer Félix. Julie redémarre son téléphone pour utiliser la fonction lampe de poche et ainsi faciliter leur travail. Lara lui suggère :

— Appelle Camille pour qu'elle vienne nous chercher. Elle a probablement trouvé la tombe de Joséphine. Tu sais, Julie, ta fille a été d'un courage remarquable.

— Je sais, elle m'en bouche un coin. Des fois, je me mets à sa place, et je la comprends de nous en vouloir. Elle est bien plus forte qu'on ne le pense.

Elle compose le numéro de téléphone de Georges que lui communique Lara. Julie est vraiment heureuse d'entendre la voix de sa fille qu'elle a à peine croisée ces derniers temps. Camille leur dit qu'elle vient les retrouver sans tarder.

Alors que les deux femmes attendent, la voiture de Martin jaillit dans la nuit sombre. En un éclair, il s'est extrait de la voiture et se tient devant elles, droit et raide comme un soldat de plomb.

— Vous allez tuer mon fils ! Bande d'illuminées ! Encore une chance que j'ai pas vendu mon *char*, batêche !

— Tut-tut-tut ! se moque Julie, depuis quand tu parles comme ça ?

— Regarde ton fils, poursuit Martin. Il vacille entre la vie et la mort. Si jamais il lui arrive quelque chose avant qu'on le ramène à l'hôpital, je vous…

— Félix ne retournera pas à l'hôpital ! s'écrie Camille en surgissant à brûle-pourpoint. Il va mourir à minuit pile si on ne l'amène pas à la tombe de Joséphine Valcourt pour faire la cérémonie. Ça va libérer le fantôme en lui et faire disparaître la variole. Fais-moi confiance...

— Camille ! hurle Martin. C'est elles qui t'ont lavé le cerveau ?

— Tais-toi deux minutes ! proteste Camille. C'est moi qui ai tout découvert et qui vous ai demandé de venir ici. Et je vais te dire une chose : si tu veux ramener Félix à Montréal maintenant, tu vas devoir te battre contre moi !

— Tu n'as pas toute ta tête, ma fille, s'alarme Martin, qui commence pourtant à sentir sa détermination fléchir, car il n'a jamais vu sa fille aussi sûre d'elle.

Autoritaire, elle lance :

— Ça suffit ! Vous m'avez tous traitée comme un bébé en me cachant des choses pendant des mois. Mais aujourd'hui, c'est moi qui commande ! Suivez-moi, nous avons trouvé la tombe de Joséphine.

— D'accord Camille, intervient Lara pour calmer tout le monde. Allons-y. Martin va nous donner le bénéfice du doute. On reparlera de nos histoires plus tard... mais je veux que tu saches qu'on est conscients d'avoir fait des erreurs.

— C'est vrai, s'écrie Julie. Et tu nous impressionnes beaucoup, ma grande. C'est de ma faute, c'est moi qui...

— Ça suffit, lance Martin. C'est beau, je vous donne cinq minutes pour faire vos bouffonneries. Dès qu'on voit qu'il ne se passe rien, on rentre ! C'est clair ?

Camille ne répond pas et se contente de rebrousser chemin vers la tombe de Joséphine, suivie de cette famille qu'elle déteste et adore tout à la fois. Le fauteuil roulant heurte des cailloux, ce qui secoue Félix et inquiète Martin au plus haut point.

Le groupe rejoint enfin Jason et Georges. Martin, déjà surpris de trouver son propriétaire en ces lieux, fronce les sourcils lorsqu'il aperçoit, à la lumière de sa lampe de poche, un homme inconscient ligoté à côté d'un grand trou qui vient visiblement d'être creusé.

— Jason, comment diable vous êtes-vous retrouvé mêlé à ça ? Et c'est qui lui, par terre ? tonne Martin. Vous voulez faire quoi, là ?

— Malheureusement, répond timidement Jason, cet homme est un sorcier qui a ensorcelé votre fils et l'a rendu malade.

— Je suis certaine qu'il faut l'enterrer vivant si on veut sauver Félix ! lance Camille.

— QUOI ! s'exclame Martin, vous êtes tous devenus fous ? Ça s'appelle un meurtre ce que vous voulez faire. Je n'en reviens juste pas.

Martin se précipite sur Paul et défait ses liens. Les autres sont pétrifiés, comme si le mot « meurtre » leur avait fait réaliser toute la portée de ce qu'ils s'apprêtaient à faire.

— C'est lui ou Félix, parvient néanmoins à protester Camille dans un sanglot.

Dès qu'il est libéré, Paul bondit et fonce sur Félix. Les autres sont trop surpris pour réagir, car le vieillard semblait vraiment dans les choux. Il les a encore bernés ! Lara a néanmoins la présence d'esprit de sortir la feuille avec l'étoile satanique de son sac et se met à lancer des incantations en tchèque. Mais cela semble n'avoir aucun effet sur Paul qui a pris Félix dans ses bras et le serre contre lui avec toute la force de son être. Le vieil homme fond en larmes.

— Donat ! Donat ! Mon fils ! Cette satanée maladie va pas te voler à moi.

Félix ouvre grand les yeux, son visage est soudainement plein de vie.

— Papa, lance-t-il d'un ton joyeux en serrant Paul contre lui. Elle est où maman ?

Camille n'a pas le temps de réaliser l'impact des paroles de Félix que la voilà de nouveau projetée dans les souvenirs de Marie. À travers les yeux de cette dernière, elle revoit Adélard et Donat, malades, dans le grenier. Elle reconnaît Paul à leur chevet. Son visage est plus jeune et bien plus agréable à voir. Il borde ses enfants avec une douceur et une attention dont Camille ne l'aurait jamais cru capable.

D'autres images se bousculent en elle. Elle est Marie et joue à la cachette devant la maison familiale de Saint-Hugues avec ses frères. Elle a le visage contre un arbre et crie : « Prêt, pas prêt… j'y vais ! » et se retourne. Elle voit Paul qui sort de la maison pour venir jouer avec eux, sourire aux lèvres.

« Marie, pourquoi tu ne m'as pas dit que c'était ton père » demande Camille mentalement.

« C'est à cause de lui que nous sommes devenus des fantômes, lui répond Marie par la pensée. À cause de ses mensonges au sujet de ma mère. Pendant des décennies, mes frères et moi, on a revécu mille fois notre dernier jour, convaincus que notre mère était sur le point d'arriver ! Il a continué de communiquer avec nous chaque jour depuis notre mort pour nous dire qu'elle s'en venait, t'imagines ! »

« Comment peux-tu vouloir enterrer ton père vivant ! » s'offusque Camille.

« Je n'ai jamais voulu l'enterrer vivant, ricane Marie. En fait, ce n'est pas lui qu'il faut mettre dans la tombe, mais les peluches que Georges a mises dans son sac ! Il te les a montrées dans l'auto, tout à l'heure.

Paul va réellement disparaître ce soir, mais c'est une bonne nouvelle. Tu dois comprendre qu'il n'est plus vraiment vivant et qu'il sera bien mieux avec nous. »

Camille revient soudainement à elle, allongée sur le sol, dans les bras de Georges. Dès qu'il la voit ouvrir les yeux, il lui lance :

— Qu'est-ce qu'elle t'a dit ?

— Tout s'explique ! C'est par les jouets que Paul gardait ses enfants auprès de lui et qu'il se gardait lui-même en vie. C'est pour ça qu'on l'a affaibli. En brûlant des jouets !

— Là, je comprends ! Une chance que ce n'est pas Paul qu'on doit enterrer ! s'exclame Georges, mais les trois nounours qui résistaient au feu chez lui, ceux que j'ai mis dans mon sac. C'est comme ça qu'on va tous les libérer.

— Sauf que Paul part quand même ce soir... Marie ne m'en a pas dit plus. Il ne faut absolument pas le dire à mon père, sinon il va tout faire pour empêcher la cérémonie !

Elle se retourne et voit Martin et Julie, paniqués, qui tentent sans succès de dégager Félix des bras de Paul. Elle s'adresse au vieil homme :

— Paul, c'est de votre faute si vos enfants sont prisonniers du temps, s'ils sont des fantômes tourmentés par l'absence de leur mère. Leur avoir caché sa mort les a empêchés d'accéder à leur dernier repos. Comment avez-vous pu les garder auprès de vous ?

Félix, toujours habité par l'esprit de Donat, fixe Paul et lui demande :

— Est-ce que c'est vrai ce que dit Marie, que maman est morte avant notre arrivée à Montréal ?

— Maman arrivera bientôt, répond Paul d'une voix étouffée. Elle s'ennuie tellement de toi...

Camille se relève et avance vers son frère :

— Donat, ta mère est morte un an avant que tu ne meures de la variole. Paul, ajoute-t-elle en le regardant, vous aimiez tellement votre femme Joséphine que vous n'avez jamais accepté son décès que vous avez caché à vos trois enfants. Vous n'avez jamais admis leur mort à eux non plus. Aujourd'hui, vous devez leur révéler la vérité pour les libérer et sauver mon frère Félix.

— Si vous ne faites rien, mon fils va mourir de la variole comme vos enfants, rajoute Martin.

Camille demande à voix haute : « Marie, qu'est-ce qu'on doit faire maintenant ? »

— Marie est ici ? larmoie Paul. Elle m'entend ? Oh non ! Mes enfants, vous savez combien je vous ai aimés et que je vais vous aimer pour l'éternité. Je m'en suis tellement voulu de pas avoir accepté le vaccin du docteur. Depuis votre décès, je suis rongé par les remords. Votre mère est morte dans un horrible accident. Elle a été écrasée par la roue de notre calèche.

Le visage de Donat est déformé par la douleur. Sa bouche est grande ouverte, mais aucun son n'en sort. Son père continue avec peine :

— La foudre a frappé un arbre à quelques pieds de nous et les chevaux ont perdu leur sang-froid. Avant de rendre l'âme, elle m'a dit :

« Occupe-toi des enfants, ne les abandonne jamais, quoi qu'il arrive… Je t'aime. » Puis ses yeux bleus se sont éteints. Comment un père peut raconter à ses enfants une histoire aussi terrible ? J'ai toujours été incapable de vous le dire. Je ne voulais pas vous faire de la peine, alors on est partis à Montréal sur-le-champ, puis je vous ai inventé plein d'histoires. J'aimais mieux vous faire accroire que votre mère allait revenir, ça vous donnait de l'espoir. Les temps étaient tellement durs, on avait à peine de quoi manger. J'ai souvent voulu tout vous dire, mais je repoussais ça de jour en jour… jusqu'à ce que cette maudite maladie nous tombe dessus… la mort… j'ai eu l'impression de trahir votre mère… comme si je vous abandonnais. Alors, en faisant ce que j'ai fait, j'ai réussi à vous garder avec moi… Puis de tenir la promesse que j'avait faite à votre mère.

Camille entend dans sa tête que Marie et Adélard pleurent. Elle voit Donat qui sanglote aussi. Elle comprend qu'ils ont pardonné à leur père. Elle s'étonne d'être désormais capable de communiquer par la pensée avec Marie dans le monde réel. Elles sont connectées comme deux sœurs jumelles. Camille regrette presque que son amie doive la quitter ce soir, et ce, jusqu'à la fin des temps.

Il faut agir, se dit-elle soudainement, *il est presque minuit.*

Elle se tourne vers son frère Félix, qui semblait revivre, mais qui est à nouveau en train d'agoniser. Il peine à respirer.

— Paul, demande Martin, savez-vous comment libérer vos enfants et ramener Félix ?

— Malheureusement, je sais pas pantoute, répond Paul. J'ai eu la chance de rencontrer un vieil homme perse au temps de la variole, il m'a seulement montré comment garder mes enfants auprès de moi... rien d'autre. Je vous jure que j'ai tout essayé pour que Donat sorte du corps de votre fils. Je ne pouvais pas endurer qu'un autre enfant meure de la variole.

Georges prend la situation en mains :

— Je le sais moi ! Tenez-vous tous par la main autour de la tombe de Joséphine. Marie, Adélard, Donat, êtes-vous prêts à aller rejoindre votre mère ?

Tout le groupe, y compris Paul, encercle la tombe en se tenant par la main.

Alors qu'ils se concentrent et se recueillent, le téléphone de Georges sonne, ce qui fait sursauter tout le monde. C'est Zedong qui s'inquiète, car il est presque minuit. Georges écoute ses ultimes conseils et pose quelques questions. Il raccroche enfin : il est minuit moins cinq.

Le groupe s'agenouille devant la tombe de Joséphine. Georges fait des gestes insolites et entonne d'étranges litanies en chinois. Il sort ensuite le coffret, prend la mèche de cheveux et la donne à Paul qui, dès qu'il la touche, redevient jeune comme en 1885. Un sourire béat s'affiche sur son visage, soudainement débarrassé de toutes ses rides. Martin a les yeux exorbités et la bouche grande ouverte. Camille entend Marie dans sa tête : « Je pense que ton père croit maintenant au surnaturel ! »

Paul tient Félix par une main et la mèche de cheveux dans son autre main. Georges lui demande de répéter exactement les mots chinois qu'il prononce. Paul obtempère. L'entendre parler chinois est plutôt saugrenu ! Il prend la main de Camille dans la sienne. La jeune fille entend la voix de Marie dans sa tête : « Ça fait tellement longtemps que je n'ai pas pris la main de mon père ! »

Georges dépose les trois ours en peluche dans la fosse. Jason et Martin remblaient le trou, éclairés par le téléphone de Georges dont la lumière fluctue plus que jamais au rythme des paroles qu'il profère dans la langue de Confucius.

Peu à peu, sous la brise nocturne et au chant des cigales, Paul devient translucide, lumineux et s'estompe dans l'obscurité. Une intense émotion gagne chaque spectateur devant ce phénomène prodigieux.

— Pourquoi Félix ne guérit-il pas ? s'écrie Julie, ramenant brusquement tout le monde sur terre. Il est toujours à l'article de la mort !

— Georges ! tonne Martin. Aide-nous !

Camille entend Marie et Adélard dans sa tête : « Nous aussi on veut aller rejoindre nos parents ! »

— Maman, papa ! Amenez-moi avec vous ! renchérit Donat par la bouche de Félix.

La cérémonie n'a fonctionné qu'en partie. La tension monte. Est-il trop tard ?

Au même moment, Sambuca, que Martin avait laissé dans sa voiture et qui tentait désespérément d'en sortir pour aller rejoindre Félix, voit la fenêtre qui s'ouvre toute seule. Serait-ce l'esprit de Paul qui lui vient en aide ? Il bondit, va rejoindre le groupe au triple galop en se fiant à son flair infaillible et fonce vers le coffret qu'il se met à gratter. Camille l'ouvre. Le rat prend la bague de Joséphine dans sa gueule. De ses griffes, il creuse un trou près de la tombe et y dépose l'alliance. Il remblaie ensuite le tout de ses pattes avant.

On entend alors la voix d'une femme qui chante une comptine. C'est Joséphine qui entonne la mélodie de la boîte à musique ! Camille sent que les fantômes se libèrent. C'est la mélodie de leur enfance qui les porte vers leur mère. « Maman, enfin. Comme tu es belle ! », entend Camille dans sa tête.

Le gazon a déjà repoussé à l'endroit où Sambuca a fait un trou. Incroyable !

Camille est projetée une dernière fois dans le monde parallèle de Marie. Elle aperçoit la famille qui s'éloigne, un beau jour d'été à Saint-Hugues, enfin réunie. Joséphine est resplendissante et Paul est fier comme un paon à son bras. Marie tourne la tête et regarde derrière elle. C'est la première fois que Camille voit son visage, qui lui sourit, et elle l'entend lui dire : « Merci, Camille. Je ne t'oublierai jamais. Je vais être mieux là où je vais, entourée de ceux que j'aime. » La famille, heureuse et enfin réunie, disparaît dans une forêt à l'orée de Saint-Hugues, ou plutôt à l'orée d'un autre monde.

Camille reprend ses esprits. Félix est redevenu lui-même, pétant de santé :

— On est où là ? Où sont mes soldats de plomb ?

Sambuca grimpe sur sa jambe. Le jeune enfant saute partout, sans comprendre pourquoi ses parents lui courent après pour l'embrasser. Même sa sœur a l'air heureuse de le voir !

Chapitre 44

Il fait beau et chaud en ce lundi férié de la fête du travail qui suit la première semaine d'école en août. L'esprit est enfin à la fête chez Camille.

Dans la cuisine, Martin et Jason sirotent une bière dont ils s'amusent à dépeindre le goût, la texture et le collet. Julie et Lara apprennent à faire des mets chinois en écoutant Zedong leur décrire, du mieux qu'il peut, les ingrédients qui composent les divers plats. Félix, fidèle à ses habitudes, court partout dans le logement avec Sambuca, mais aujourd'hui, tous sont heureux d'entendre le boucan qu'ils produisent !

Georges et Camille surgissent, l'air joyeux, et contribuent au brouhaha :

— Je te l'avais dit que ça valait la peine d'aller à la bibliothèque ! s'exclame Camille.

Enfin, on sait ce qui est arrivé à la fille disparue dans les années 1960 !

— Une chance qu'on n'y est pas allés hier ! répond Georges. On aurait perdu du temps ! Ce n'était simplement pas la bonne piste ! ... et un méchant hasard qu'elle s'appelait Marie elle aussi !

— Dis donc Camille, tu l'as dégêné pas à peu près, le voisin, se moque Félix.

— Aye, face de...

Camille se retient, le sourire en coin.

— Vous avez trouvé quoi ? demande Lara, luttant avec sa pâte de riz pour en faire un rouleau impérial.

— Deux jours après sa disparition, explique Georges, vous ne savez pas qui a retrouvé la fille ? Eh bien, c'est Paul ! Il y avait une belle photo de lui dans le journal du 31 octobre 1966, en page 8 !

— *Damn !* s'exclame Jason. Je n'ai jamais su ça ! Et je n'ai rien vu dans nos archives de famille. C'est bien ma grand-mère ça. Elle m'avait seulement raconté la partie dramatique de l'histoire !

— Une simple histoire de fugue, continue Camille. Finalement, Paul ne voulait aucun mal aux enfants ! Au contraire, il avait besoin de leurs jouets.

— Lara, penses-tu qu'il utilisait seulement les jouets qu'il volait dans cet appartement ? demande Georges.

— Je ne sais pas, je ne suis pas une spécialiste, répond Lara. Ça devait être important pour sa sorcellerie, j'imagine. Sinon, ça aurait été plus simple pour lui d'aller au magasin plutôt que d'entrer ici par effraction !

— Amenez-moi au magasin de jouets, lance Félix, sinon je vais voler ceux du voisin et vous ensorceler ! Wouhhh !

— C'est moi ça, le voisin ! ricane Georges. Fais attention, ma maison est protégée par l'esprit de mes ancêtres !

— Ce sont les esprits de la sonnette qui font *cuicuicui-cuicuicui* ? se moque Camille.

Georges revient vers la porte d'entrée et actionne la sonnette.

Cuicuicui-cuicuicui !

Il lui fait un clin d'œil et lui dit fièrement :

— J'ai installé ça avec ton père pendant que tu faisais la grasse matinée !

— C'est Georges qui a tout fait ! intervient Martin. Moi, j'étais pris au téléphone avec les médecins pour tenter de leur expliquer... Il va falloir retourner à l'hôpital plus tard, d'ailleurs.

— Tu vas tout leur raconter ? s'étonne Camille.

— Jamais de la vie ! rétorque Martin. Ils n'ont qu'à faire d'autres foutus tests ! Ils n'y comprendront rien, pour faire changement ! Déjà que je n'ai pas tout compris moi-même, d'ailleurs ! Coffret… jouets… expliquez-moi tout maintenant.

— C'est certain que ce n'est pas facile à comprendre, ajoute Georges. En fait, seul Sambuca avait tout compris. Nous, ça nous a pris une semaine pour y arriver.

— Paul pouvait rester en vie grâce aux jouets volés ici, continue Camille. Comment ? On ne le saura jamais ! Sauf si on rencontre son sorcier perse du XIXe siècle !

— On est retournés dans son logement, relance Georges. On a trouvé tout un kit de serrurier ! Au fil des ans, il est sûrement devenu un méchant pro pour ouvrir les portes sans que ça ne paraisse.

— Dire que j'ai changé les serrures chaque année, ronchonne Jason à la blague. Ça m'a coûté une fortune ! Je vais lui envoyer une facture au ciel, à lui !

— Et les enfants, qu'est-ce qui en a fait des fantômes ? questionne Martin.

— Les objets qui étaient dans le coffre appartenaient à Joséphine, poursuit Georges. Ça représentait leur mère qu'ils attendaient toujours. C'est pour ça qu'il fallait enterrer la bague.

— Pauvre Paul, intervient Julie. Il a vraiment fait son chemin de croix, lui. Je l'imagine chez lui, agenouillé devant son autel pendant plus d'un siècle, à parler à ses enfants et leur dire que leur mère arriverait bientôt !

— Comme moi quand tu pars dans le Grand Nord ! plaisante Félix en s'agenouillant.

— Sacré Paul ! On s'ennuie déjà de lui ! rigole Georges.

— En tout cas, j'ai trouvé d'autres choses au sujet de leur famille dans mes archives, poursuit Jason. Paul Valcourt a été évincé de ce logement en 1885 par mon arrière-arrière-grand-père. Après la mort de toute sa famille, il a arrêté de travailler et ne payait plus son loyer. J'en ai même parlé à une de ses descendantes sur un forum de généalogie.

— Alors, elle est mignonne ? blague Martin.

— Je ne le sais pas, mais je la rencontre ce soir, avoue Jason en rougissant. Léa Valcourt...

— Aussi *cute* qu'elle ? lance Georges en brandissant une vieille photographie. C'est Joséphine en 1882, c'est écrit là. On a trouvé ça chez Paul, au-dessus de son autel.

La photographie passe de main en main. Tous sont envoûtés par la beauté de Joséphine. Même si la photo est en noir et blanc, on voit presque le bleu azur de ses yeux en amande et le blond doré de ses cheveux qui éclairent son visage. Son sourire est si sincère qu'on croirait qu'elle l'adresse à Camille en guise de remerciement !

— Maman ! Quand est-ce que tu quittes Saint-Hugues et que tu arrives à Montréal ? lance Félix qui se remet à genoux.

— Niaiseux ! lui dit Julie.

— Pensez-vous que Félix a été le premier à entrer en contact avec un des fantômes ? demande Camille.

— Peut-être que d'autres ont senti leur présence, comme les soldats de la Première Guerre mondiale, avance Jason. Mais Félix est sans doute le premier locataire qui a la même date d'anniversaire qu'un des fantômes.

— Bon, grand-papa, quand est-ce qu'on mange ? lance Georges. J'ai faim !

— Fei Long vient aider moi ! lance Zedong qui apporte les plats sur la table de la salle à manger.

— Fée longue ? s'étonne Camille.

— F-E-I-espace-L-O-N-G, c'est mon nom chinois, explique Georges. Ça veut dire dragon volant.

— Pas mal punk ! dit Camille en l'aidant à mettre la table. C'est beau d'ailleurs le gel dans tes cheveux.

— C'est de la bave de dragon, pouffe Georges.

Tous s'attablent dans la bonne humeur et croquent bientôt les mets savoureux concoctés par Zedong à pleines dents, même si quelques rouleaux se désagrègent dans les mains au grand déplaisir de Lara. Félix mange comme un ogre et jette des grains de riz au jasmin à

Sambuca, visiblement devenu un adepte de ce parfum, tant dans le thé que dans le riz.

— Camille, dit Martin en redevenant sérieux. Je te dois des excuses. Il y a une situation qu'on n'a pas su gérer, des choses qu'on t'a cachées...

— Ça va, papa, l'interrompt Camille. J'ai compris. Tu pensais que c'était mieux pour tes enfants. Tu t'es trompé, c'est tout. C'est quand même moins pire que de rester pogné un siècle dans le grenier !

— Euh... oui, tu as raison ma belle ! répond Martin, étonné. Finalement, il faut faire confiance à ton jugement... mature. En tout cas, pour me faire pardonner, j'ai un cadeau pour toi.

Il se dirige vers le salon et revient avec un sac. Il en sort une boîte. Elle le déballe en moins de deux et s'extasie sur son trésor. C'est un téléphone intelligent, exactement le modèle dont Camille rêvait. Martin sort une seconde boîte de son sac.

— Georges, vas-tu pouvoir m'aider ? demande-t-il. Le préposé m'a montré des applications vraiment intéressantes au magasin, pour la gestion écologique des logements, entre autres.

— Je vais vous trouver les meilleures applications dès ce soir, répond Georges, plein d'enthousiasme.

— T'en a pris un pour toi ? s'étonne Julie en avalant sa bouchée de dumpling de travers.

— Tu sais, explique Martin, il y a une tonne de ressources étonnantes sur ces bidules et...

Mais son regard est soudainement happé par Sambuca qui reste figé au pied de l'escalier, les yeux tournés vers le grenier, comme si quelqu'un l'appelait. Il tremble de tout son être. Il se retourne et fixe tout le monde, d'un air terrorisé, ce qui angoisse toute la tablée. Un silence inquiétant s'installe.

Tout à coup, il se roule par terre comme s'il se bidonnait. Il a réussi sa blague ! Un soupir de soulagement s'élève, suivi d'un concert d'éclats de rire. Même Zedong rit à s'en dilater la rate.

Sambuca poursuit son numéro. Il grimpe dans l'escalier jusqu'à la marche où était caché le coffret. Il se met à la gratter avec insistance. Félix va le rejoindre et soulève la marche. Son visage est marqué par l'étonnement. Il prend un objet qu'il montre à tous. C'est le petit bouddha que Georges avait offert en guise de bienvenue le jour du déménagement, mais dans les mains de la statuette on aperçoit une bague et une boucle d'oreille. Est-ce là un dernier présent des fantômes ?

Georges se rue pour prendre les objets et revient vers Camille. Il lui met la bague de Joséphine au doigt. Elle lui va à ravir. Il tient la boucle d'oreille dans la paume de sa main et regarde Camille :

— Ça fait un an que j'ai une oreille percée et je n'ai jamais osé...

Camille prend la boucle d'oreille et la lui met au lobe.

— Là, t'as l'air d'un vrai punk ! dit Camille en lui souriant. Même avec une boucle d'oreille qui a plus de cent ans !

— Justement, c'est *full vintage* !

À ce moment, la boîte à musique s'ouvre et se met à jouer à tue-tête une mélodie tout à fait différente qu'à l'habitude.

— Aye ! C'est *Should I stay or should I go* des Clash ! s'étonne Camille. On dirait que que les fantômes aiment ton Joe Strummer !

Georges en tombe en bas de sa chaise :

— Tu connais cette chanson-là toi ?

— Bien, répond Camille, tu pensais que je faisais la grasse matinée ? En fait, j'étais en train d'écouter les disques que tu m'as prêtés. C'est capotant ! J'adore la musique punk ! On se part un *band* ! On va s'appeler les *Fantômes de Napoléon III*. Pour vous Zedong : Guǐ Nápòlún sānshì ... J'ai vérifié la traduction sur Internet !

Zedong répète plusieurs fois ce nom avec fierté. À force d'entendre de la musique punk à tue-tête, il s'est mis à apprécier ce genre musical.

— On va faire fureur ! renchérit Camille. J'ai plein de mélodies en tête. Je vais chanter et être au piano. Toi, tu vas être à la guitare.

— Wô ! Je ne sais pas jouer de la guitare, moi ! proteste Georges.

— Toi qui apprends tout dans un temps record, poursuit Camille, tu vas être virtuose dans un mois ! J'ai même trouvé des plans d'ébéniste sur Internet pour faire ta propre guitare ! Il faut qu'on retourne manger à ton resto chinois pour en discuter tous les deux !

Georges croit rêver. Le visage illuminé et les yeux pétillants, il répond :

— *Cool*, mais... j'aimerais bien mieux qu'on aille manger une poutine !

— Comme tu voudras, mon Joe Wonton ! rigole Camille. Tu en profiteras pour me raconter les origines de la poutine et de ses huit sauces !

Camille pince la fesse de Georges qui sursaute. Les choses ont bien changé ! Sa belle voisine l'apprécie enfin. Il a rêvé de ce moment et se sent flotter sur un nuage... Un nuage punk, quand même.

Camille se tourne vers la tablée. Zedong lui fait un clin d'œil complice. Pendant une fraction de seconde, elle pense à Magalie et à leurs escapades dans la forêt de pruches qui bordait son ancienne demeure. Elle a un petit pincement au cœur, vite oublié, quand elle voit la joie de tous ceux qui l'entourent dans sa nouvelle vie à Montréal. Elle a tellement de choses à découvrir ici, dans cette grande ville, que toute nostalgie s'avère inutile. Elle a une famille, unie à sa façon et en santé. Sa rencontre avec Marie lui a fait comprendre la chance qu'elle a. Camille n'a pas du tout envie d'attendre cent ans pour profiter de la vie !

Et dire que Félix a failli devenir fantôme dans cet appartement ! songe-t-elle. *Je n'ose pas imaginer le tapage qu'il m'aurait fait subir ! Pire qu'un champ de bataille de l'armée de Napoléon III !*

Mathieu Vanasse

Photo : Pascal Dumont

Nous sommes fascinés par l'histoire et l'évolution des quartiers montréalais où habitaient nos arrière-grands-pères dont l'un d'eux pratiquait la médecine dans le quartier de la Petite-Patrie où les agriculteurs d'alors le payaient en poules et en œufs.

Nous avons voulu raconter une histoire qui lierait le passé et le présent de Montréal et qui mettrait en contact des enfants ayant vécu dans la même maison, mais dans des réalités complètement différentes.

Le déclic est survenu à la suite du visionnement d'un documentaire sur l'épidémie de variole de 1885 à Montréal qui a décimé le village ouvrier et pauvre de Saint-Jean-Baptiste, devenu depuis le chic Plateau-Mont-Royal ! Nous avons décidé de raconter une histoire qui exposerait le contraste entre ces deux

Alexandre Vanasse

époques et qui ferait découvrir aux jeunes lecteurs un passé qu'ils connaissent mal. Étant amateurs d'histoires de fantômes, nous avons choisi d'ancrer le récit dans un monde surnaturel et fantastique qui a de profondes racines dans la littérature québécoise.

Alexandre et Mathieu Vanasse sont cousins de sang et frères cosmiques. Alexandre travaille dans le domaine de l'édition depuis 25 ans et Mathieu, dans le domaine de la musique depuis bientôt 20 ans. Une discussion lors d'une fête familiale les propulse vers de nouveaux horizons. Ils sillonnent depuis lors les voies de l'écriture.

Ils travaillent à quatre mains et à deux têtes dures, soupesant chaque mot et ciselant chaque phrase avec une passion d'écrire sans cesse grandissante.

GARANT DES FORÊTS
INTACTES

Ce livre a été imprimé sur du papier Sylva enviro
100 % recyclé, traité sans chlore, accrédité Éco-Logo
et fait à partir d'énergie biogaz.

Achevé d'imprimer
à Montmagny (Québec)
sur les presses de Marquis Imprimeur
en janvier 2016

MARQUIS